60, 다시 쓰는 청춘 일기

60, 다시 쓰는 청춘 일기

노후는 나답게 살고 싶다

초 판 1쇄 2024년 12월 11일

지은이 권부귀
펴낸이 류종렬

펴낸곳 미다스북스
본부장 임종익
편집장 이다경, 김가영
디자인 임인영, 윤가희
책임진행 안채원, 이예나, 김요섭, 김은진, 장민주

등록 2001년 3월 21일 제2001-000040호
주소 서울시 마포구 양화로 133 서교타워 711호
전화 02) 322-7802~3
팩스 02) 6007-1845
블로그 http://blog.naver.com/midasbooks
전자주소 midasbooks@hanmail.net
페이스북 https://www.facebook.com/midasbooks425
인스타그램 https://www.instagram.com/midasbooks

© 권부귀, 미다스북스 2024, *Printed in Korea.*

ISBN 979-11-6910-965-9 03810

값 19,500원

미다스북스는 다음세대에게 필요한 지혜와 교양을 생각합니다.

노후는 나답게 살고 싶다

60,
다시 쓰는 청춘 일기

권부귀 지음

미다스북스

어제의 행복을 가지고 오늘을 사는 것이 아니다.

오늘, 지금 행복해야 행복한 것이다.

들어가는 글   9

1장   저마다 가슴에 구멍 하나씩 안고 산다

① 늙지 않을 것이라 믿었다   19
② 건강은 내 손끝에 달려 있다   23
③ 모래처럼 빠져나간 시간   28
④ 자식 농사 끝나니 내 인생은 어디에   32
⑤ 삶에는 정답이 없다   37
⑥ 유서는 죽음 앞에서 써야 하는가   42
⑦ 친구들과의 구두상 약속   47

2장   마음 처방전에 내가 약사다

① 금은보화보다 값진 나잇값   59
② 내가 산을 찾는 이유   64
③ 노후대책은 지금부터   69
④ 해결되지 않는 고민들   74
⑤ 행복하려면 마음 처방전부터   79
⑥ 나이 먹는 좋은 점   85

3장   60, 제2의 삶을 시작하다

① 배우는 게 이렇게 재미있을 줄이야   97

② 80일 때 내 모습은 어떨까   102

③ 금은보화보다 시간을 소중히 여기니   107

④ 60의 희망은 구절초 닮아라   112

⑤ 시니어 고전 읽기 도전장   117

4장   행복은 좋아하는 일로부터

① 수다 떠는 여행 마니아   129

② 산행은 곧 건강   134

③ 커피 한 잔 해요   140

④ 오늘도 커피숍에서 논다   145

⑤ 자연풍광은 내 손안에   151

⑥ 더디지만 따라가는 메타버스행 사고   156

5장 어떤 인생도 늦지 않았다

① 늦은 경제 공부   168

② 몸은 곧 나의 재산 1호   173

③ 할 일이 없지 않다   179

④ 친구 있어 좋아라   184

⑤ 나이 탓으로 돌리지 않는다   189

⑥ 부부생활, 인생을 가르치다   194

⑦ 나를 찾는 사람들에게   199

6장 늘 청춘의 마음으로 살아가는 법

① 마음의 소리에 귀 기울이자   210

② 후회는 결과에서 얼굴을 내민다   215

③ 감사는 만병통치약   220

④ 오늘이 최고로 젊은 날   224

⑤ 나는 행복하기 위해 산다   229

⑥ 나이 들어서 아니라 젊었을 때 가꾼다   234

⑦ 노후에는 사랑 전도사로 살자   239

마치는 글   244

행복을 위해 늘 바빴지만 정작 내가 행복했는가? 묻게 된다. 그러면 행복하려면 어떻게 해야 하는가. 『행복의 기원』 서은국 작가는 생존이라 한다. "사냥한 고기를 먹은 그 쾌감이 오래가면 더 이상 사냥을 하려 하지 않는다. 고기의 맛, 쾌감을 다시 느끼기 위해 사냥한다." 어제 맛있게 먹은 행복은 다시 배고픔으로 잊게 된다. 다시 맛난 고기를 구하기 위해 사냥을 나간다. 어제의 행복이 그대로 유지되지는 않는다. 한 가지 행복에 오래 머무르면 더 이상 생존은 없다. 행복을 추구하지 않았다면 생활의 발전과 변화는 없을 것이다. 고군분투하는 일상들이 어쩌면 행복을 찾으러 가는 과정일 것이다. 그 과정이 나이 들어서 할 수 없음이 아니다. 나이와 상관없이 지금 여기 살아 있음으로 생존과 변화하는 일상을 행복하게 누릴 수 있다.

젊었을 때는 노후에 행복을 누려야지 했지만, 생각대로 되지 않는다. 60이 되고 보니 하고 싶은 일들이 기다리고 있지 않다. 특히 행복도 가만히 있지 않다. 행복은 순간이기에 사라지는 것이었다. 다시 행복을 만들어야 한다. 노는 게 행복이 아님을 노후에 알게 되니 삶의 계산법이 늦었지만 사고의 전환이 필요하다. 젊어서 행복은 젊은이 법이지만 노년은 노년의 법으로 적용해야 한다. 나이 들었다는 핑계로 가만히 있으면 젊었을 때 아무리 부지런히 잘 살아도 그 행복이 가만히 있는 것은 아니다. 사라진 후다. 누군가 "나이 들어 추억 먹고 산다."라고 말하지만 배고픈 주장이지 않을까.

  아이들 키우는 시기만 지나도 편한 시간이다. 30, 40대 젊은이를 보면 애들 양육에 온 정성을 쏟고 있다. 노년은 애들 교육에는 이제 한시름 놓는 편안한 시간이다. 이것만으로도 나의 시간을 할애할 수 있다. 60에 시작해도 늦지 않다. 근사치로 30년을 빡세게 사용할 수 있다. 젊음은 성장, 공부하는 시기이지만 노년은 가정적, 시간적 여유가 있는 시기다. 나이 계산법에 대해 한 가지 더 역설하자면 '하루 2시간 절약법'이라는 게 있다. 잠 줄이기, TV 보는 시간 줄이기, 수다 떠는 시간까지 줄이면 거뜬히 2시간을 줄일 수 있다. 365×2=730. 730시간을 24로 나누면 30일을 번다. 시간을 계산해 나가면 버는 시간을 활용할 수 있다. 다른 하나를 더 접할 수 있는 시간 부자가 된다. 나이 계산법을 가지고 우리는 하지 못했던 일을 나름대로 시작하게 된다. 성공이 아니라, 성장에 초점을 맞추어 본다. 그러면 행복 수치를 끌어 올리는 나이 드는 유연함을 즐길 수 있다.

노년의 위치에서 세대들의 사고를 다 이해하지 못하지만, 젊은이들의 똑똑함을 인지하게 된다. AI 시대의 자질을 갖추면서 21세기의 인물로 성장하고 있음을 칭찬하게 된다. 젊은이의 사고를 배우고 따르려고 하지만 문화의 차이는 쉽게 좁혀지지 않는다. 환경의 차이로 성장한 베이비붐 세대들의 가난이 생활의 품격을 높이지는 못했다. 의식주 해결이 급선무였다. 내 자식은 내가 하지 못한 공부를 시키려고 했다. 더 욕심부리면 아이들이 사는 집까지 마련해 주고 싶다. 작은 아파트라도 한 채 사 주고 싶은 마음으로 전전긍긍하면서도 그게 부모의 도리라고 생각했다.

지금 50대 부모의 교육법은 다르다. 아이들이 20세가 되면 자립을 시키고자 있다. 베이비붐 세대 부모들은 애지중지하는 자식들을 내보내지 못한다. 자립심보다 염려와 사랑이 더 크게 작용하는 부모와 자식 간의 사랑법이었다. 변화된 사회와 문화는 자립심을 강조하게 되었다. 스스로 살아가는 힘을 길러주기에 우리는 교육 방법을 고쳐 가고 있는 셈이다. 아이들 교육법처럼 변화된 사회에서 살아가는 베이비붐 세대의 노년도 바뀌어야 한다. 늦다고 손 놓으면 아무런 결과가 없다. 농부가 씨 뿌리는 시간 늦다고 손 놓고 있으면 어떤 수확도 없다. 벼 심는 시기를 놓쳤을 땐 콩이라도 심을 자세로 임한다면 콩을 수확하게 된다. 시기를 놓치면 다른 작물을 키워보는 것이다. 다른 수확으로 나눔을 할 수 있으면 행복은 저절로 따라오는 풍족함이 된다.

서울로 가는 교통수단이 없으면 걸어서 갈 수 있다. 걷는 동안 자연이라는 친구가 생겨 즐길 수도 있다. 느리게 걷는 과정에서 즐기면 된다. 즐기면서 지금을 강조한다. 60 후반에도 버킷리스트를 작성한다. 좋아하는 일을 늦게 시작하면 어떠냐. 오히려 어렵고 고생스럽게 한 일이 더 기억에 남으면 오래가는 법이다. 지금 나이에 도전장을 내는 용기는 몰랐던 것을 하나하나 이해하고 알아가는 과정을 즐기게 한다. 움직이지 않으면 매일 그 자리에서 그대로 있는 것이 아니라 퇴보된다. 움직이면 그나마 유지하기를 넘어 발전 가능성을 가지게 된다. 그렇게 인생 2막에서 더 진한 여운을 만들어 가는 것이다.

저마다

가슴에 구멍 하나씩

안고 산다

1장을 들어가며

우리 모두는 각자의 짐을 지고 살아간다. _헬렌 켈러

아무리 걱정 없는 가정으로 보여도 대문 안으로 들어가 보면 걱정 하나
쯤 가지고 있다. 말을 안 할 뿐이다. 그나마 해결되면 다행이다. 해결하지
못하고 끝까지 안고 가야 하는 걱정거리는 삶에 대한 마이너스뿐만 아니라
마음의 병까지 가지고 평생 살게 한다. 해결할 수 있는 방법을 찾으면 다행
이다. 찾지 못하는 일은 안고 가게 된다. 친구 부부는 교통사고로 두 사람
이 동시에 사망하는 사고를 당했다. 아들 둘은 부모를 잃었다. 할머니, 할
아버지 있음이 정말 다행이었다. 말로 표현할 수 없는 상황이다. 많은 시간
흘러 성인이 되었지만, 가슴에는 부모 없음이 얼마나 한이 되었겠는가. 고
통을 딛고 일어서야 한다는 마음의 기도로 대신할 뿐이다.

나 자신만이 힘든 줄 알았다. '세상은 잘 돌아가고 있구나.' 외관상 느끼
는 모습이다. 하지만 가만히 들여다보면 바람의 세기만 다를 뿐이다. 나무

가 자라듯이 고통에서 해방되는 시간이 분명 오게 된다. 계절이 바뀌듯 시간은 가만히 있지 않고 흘러간다. 그 속에서 고통은 묻혀 지나간다. 다만 견디는 힘은, 지나간 시간의 경험으로 우뚝 서게 만들어 준다. 『잘 되는 학원 다 이유가 있다』 김위아 작가는 무역회사를 하던 아버지의 사업 부도로 여러 가지 아르바이트 경험담을 이야기한다. 지금 그녀는 사업가로 우뚝 서 있다. 넘어지지 않았다. 불평하지 않았다. "힘들어서 도저히 하지 못하겠어요." 말하지 않았다. 연약하여 넘어지려는 사람들에게 희망을 주었다. 더 발전하려고 노력하는 모습에서 배우게 된다. 환경은 변명일 뿐임을 보여 준다. 견디어 낸 힘을 주위 사람들에게 메시지로 전하고 있다. 사람은 입고, 먹고, 사는 일상도 중요하지만 더불어 사는 힘을 키워 나눔으로 사랑을 전할 때 값진 보석이 된다.

고난 하나쯤은 지나가는 바람이다. 바람을 이용하면 식물이 잘 자랄 수 있다. 경험은 삶의 밑거름으로 발전할 수 있는 계기가 된다. 이것은 슬기롭게 이기는 마음 자세를 잘 챙기는 일이다. 고통이 나에게만 주어지는 것이 아니라, 크기와 바람의 세기가 다를 뿐이다. 내 일은 크게 보인다. 내 걱정도 남들보다 크게 보인다. 큰 만큼 치유도 늦다. 누구도 대신하여 주지 못한다. 몸이 아프면 병원 가서 치료받지만, 마음의 아픔은 스스로 챙겨야 한다. 해결되지 않은 일을 마음에 담아두면 더 해결되지 않고 마음 병만 생긴다. 우리는 그것을 원치 않는다. '마음 병을 숨김보다 비움으로 가볍게 걸을 수 있다.' 그 가슴의 구멍이 작으면 좋겠다. 다소 차이가 있지만 내 눈에 들어간 티는 참기 어려운 고통이 되는 것이다. 친구 옥이는 지금 폐암으로 투병 중이다. 통증은 이루 말할 수가 없다. 아파서 방방 뛰는 모습 보면 입이 열어지지 않는다. "어떡하냐. 이를 어째." 옥이는 친구와 가족을 부른다. 임종 간호 병동으로 가기 전에 보고 싶다는 연락이 왔다. 달려갔지만 도움 되는 일은 없다. 어깨 한번 만져 주고는 "힘내자. 너 옛날에 참 똑똑했는데." 옛날 학교 시절에 추억 이야기하면서 위로할 뿐이다. 친구는 투병 중에도 미소 지으면서 고개를 끄떡인다. 사람은 누구나 떠나지만 먼저 떠남이 슬프다. 내가 아니고, 내 친구가 아니었으면 하는 것이다.

　부부 중 어느 한 사람이 먼저 다른 세상으로 떠날 때가 있다. 운명을 다해서가 아니라, 건강하지 못해서, 또는 사고로 생명을 잃게 된다. 우리는 젊어서는 의견 다툼과 잦은 부딪힘으로 힘든 시기를 견뎌 낸다. 나이 들어 혼자 사는 것보다, 둘이 함께 의지하면서 살기 위해 지금의 사소한 다툼은 참고 산다. 나이 들어 혼자보다 둘이면 외로움을 견디는 힘이 덜함을 알기에 이해하고 다독거리며 산다. 하지만 건강관리 하지 않아 먼저 병으로 운명 달리하면 얼마나 억울하겠는가. 식탁에 둘이 아니라 혼자일 때 아무도 없다는 사실을 알고는 외로움이 몸서리쳐지지 않겠는가. 일은 언제나 일어난다. 가슴에 난 구멍을 메우기도 하지만 메우지 못하고 살아갈 때도 많다. 더 커지지 않게 메우는 방법을 알아내어야 한다. 아니면 포기하는 마음으로 위안을 삼아야 한다. 욕심을 버려야 함이다. 가슴에 뻥 뚫린 이유를 찾아 치유하려면 너무 힘들다. 오히려 마음 비움이 나를 살리고 누구와도 인간관계를 유지할 수 있다. 잘하려고 하기보다 비우려는 시도가 가슴에 구멍을 메꾸는 지혜로운 방법이 된다. 다 잘하려고 하면 힘이 든다. 소화가 되지 않을 때 금식이 도움 되듯이 비움으로 걱정을 덜게 한다. 미리 걱정하는 일, 걱정하여도 해결되지 않는 일, 하나 마나 한 걱정은 스트레스만 받게 된다. 삶은 머무름 없이 돌아가는 순리를 가지고 있다. 나쁜 일이 있으면 조금만 기다려 보는 것이다. 하루가 지나듯이 구멍 난 가슴은 시간의 흔적으로 채워진다. 그러면 한번 웃고 가는 것이다.

1

늙지 않을 것이라 믿었다

만약 내가 신이었다면 나는 청춘을 인생의 끝에 두었을 것이다. _아나톨 프랑스

교복 입고 흰 운동화 신은 단발머리 여학생은 어서 크고 싶었다. 시간이 많은 게 행복한 일이 아니었다. 얼른얼른 자라 학교생활에서 벗어나고 싶었다. 농부 딸이 싫었다. 학교 마치고 오면 들녘으로 나가서 일을 해야 하며, 일찍 학교 다녀오면 쇠꼴 먹이러 가야 하며, 천수답 논에 자갈 주우러 가야 한다. 밤이면 짚으로 새끼를 꼰다. 한참 놀고 싶을 때 하는 일들이 싫었다. 농사일에서 빨리 벗어나고 싶었다.

23살에 결혼했다. 80년대에는 23~5살이 결혼 적령기였다. 25살이 넘으면 혼기 놓친다고 부모님 걱정이 대단하던 시절이다. 아들 둘을 낳았다. 두 아들이 잘 자라주면 다행인데 감기는 달고 있다. 26살에 두 아이 엄마이다. 아이만 덜컹 났고 뭘 알겠는가. 어서 벗어나고 싶었다. 큰 애, 둘째 애는 동시에 폐렴으로 입원해 침대에 나란히 누워 있다. 시어른들은 은근히 며느

리를 위압한다. 애들을 어떻게 관리하여 똑같이 폐렴으로 입원하게 하느냐는 무언의 나무람이다. 새끼가 아픈 게 마음에 걸려야 하는데 어른이 한 마디씩 던지는 말투에 마음은 천근만근이다. 육아도 육아지만, 시어른들의 손주 사랑 극성에 마음 편한 날이 없다. 모유 떼고 나니 바로 어른들 방으로 손자들 데리고 간다. 손자가 울면 "어멈아." 부른다. 둘째를 낳아도 마찬가지다. 어쩜 편하게 아이들을 키웠는지 모른다. 손자들 봐주시니 육아에는 신경을 덜 씀이다. 지금 맞벌이 엄마들 보면 친정엄마, 시어머니에게 도움을 청한다. 반대로 나는 아이를 시어머니 방으로 데리고 가는 것이 싫었다. 시어머님 나이 드니 노환으로 몸이 편하지 않으시다. 손자들에게 보내는 관심과 사랑이 당신의 몸과는 바꿀 수 없는지 쳐다만 보고 계신다. 그러다가 마음에 들지 않으면 체력이 바닥으로 떨어지는 고통 속에서도 어머니는 아버지에게 하교 시간에 가방 받으려 마중 가지 않는다고 나무라신다. 몸은 아프지만 유독 손자 사랑이 심하니 누워서 간섭한다. '제발 손자 신경 그만 쓰시고 어머니 몸 챙기셔요.' 시어머님 세대의 손자 사랑법은, 돌아가셔야 손을 놓는 절대 사랑법이다. 시어머님은 당신의 손자 사랑만 최고로 여긴다. 아이들 엄마 사랑법은 안중에 없으심이다. '저도 애들 어머니보다 더 좋아해요. 다만 어머니와 사랑하는 법이 다를 뿐입니다.'

하루 24km를 8시간 동안 걷는다. 걱정하지 않는다. 에너지는 넘친다. 자고 나면 피곤이 풀린다. 내일 피곤함을 미리 걱정하지 않는다. 산을 잘 알고 걷는 것 아니다. 다만 산꾼들과 열심히 발을 맞춘다. 바위를 지나고 숲을 지나고 오르막과 내리막의 순환에서 몸은 힘들다는 표시로 체열을 낸다. 앉지도 않고 선 상태로 호흡을 돌리면 휴식 취한다. 2, 3분이면 족하다. 젊음이었다. 그 길들이 이제는 예사롭게 보이지 않는다. 친구들이 더 걱정한다. "제발 좀 다리 아껴라." 받아들일 수 없지만 다리는 이미 알고 있다. 무리하면 오히려 결과 보지 않아도 뻔하기에 꼭 스틱을 이용하며 무리한 산행을 줄이려고 한다. 그렇게 달리던 산행 속도를 천천히 바꾼다. 쉬어 가는 산행을 한다. 나이 먹었구나. 신체 부위마다 일으키는 말썽에 승복하게 된다.

1월 1일이 67번이 지났다. 하나둘은 숫자 개념도 없었다. 60이라는 숫자를 셈해 본다. 하나를 셀 때 1초를 보더라도 집중하고 셈해야 계산이 맞을 수 있다. 잠시 마음 놓고 있으면 시간은 의식 없이 흐른다. 배가 고프면 벌써 식사 시간이구나. 벌써 저녁이야. 오늘 하루 뭐했지. 의식하는 시간을 보내야 그나마 시간의 흐름은 인지하게 된다. 벌써 60이 넘고 있음에 실감나지 않는 것이다. 거울을 보면서 실감하게 된다. 거울 속에 있는 저 여인은 누구지. 옛날 사진으로 위로 한다. 사진을 보면서 젊음이 있었구나. 젊음이 어디 갔지. 이때 뭐 했지. 69세의 어떤 네덜란드인이 국가상대로 소송을 걸었다. 본인이 느끼는 나이는 49세인데 서류상의 나이로 일과 연애를 할 수 없음이 억울하다는 하소연이다. 전적으로 동감하는 내용이다. 정신

나이는 실제 늙음이 아니라 상상 속 늙음이었다. '난 아니야.' 오만을 부렸다. 안이한 늙음을 주장하고 있었다. 현실은 아니었다. 60에 서 있다. 급류에 휘말려온 기분이다. 이제는 시냇물처럼 흐르고 싶다. 물의 감촉을 느끼고 싶다. 물의 신비스러움을 시간으로 끌어들이고 싶다. 나이 듦에 외침이 있다. 나이 듦을 인정하지 못한다. 심리적 나이가 사회적, 생물학적 나이와 일치하지 않기 때문이다. 마음은 젊다고 주장하고 있다.

늙지 않을 것이라 했지만 나이를 먹었다. 배가 부르니 소화를 시켜야 한다. 과식 소화불량은 고통이 따른다. 소화제를 먹고 몸을 움직여 소화를 시키게 된다. 움직이는 신체는 소화뿐만 아니라, 에너지를 만들어 준다. 늙음의 배부름보다 움직임으로 소화된 60을 따라 걸어가자. 노년의 소화제는 부지런함이다. 부지런 떨어야 한다. 친구는 정년퇴임 후가 더 바쁘다. 조금 더 디게 가기 위해서 배운다. 배우는 재미에 빠지면 나이를 잊게 해 준다. 움직이지 않으면 "내가 왜 이렇지." 하면서 몸과 정신이 동시에 낭떠러지로 떨어지는 듯하다. 나는 누구인가. 내가 조절하는 주인이다. 늙음도 내 몫이다.

2

건강은 내 손끝에 달려 있다

건강은 재산이며 질병은 그 재산을 잃는 것이다. _토마스 풀러

위암을 앓았다. 44살 나이에는 청천벽력이었지만 완쾌된 지금은 아찔한 그 시기를 돌아보게 된다. 만약에 치료받지 못하고 말기 암 환자로 사망 신고를 하게 된다면 가족 비극은 어떠했겠는가? 친정아버지 암 투병 생활을 보았다. 통증을 호소할 때는 딸로서 차마 볼 수 없었다. 70년대는 암이면 치료될 가망성이 거의 없었던 시기이다. 모르핀 성분 든 진통제 정도로 통증으로 견뎌야 했다. 아버지의 딸도 그 병이다. 오직 회복은 약과 산행에 매달렸다. 산이라는 게 치유의 큰 복을 주었다. 산행할 때 힘듦으로 산길에 눕기도 하면서 그 과정을 이겨 냈다. 산행하고 오는 날은 씻기도 싫을 정도로 지친다. 살 길이 산밖에 없구나. 각오를 단단히 다진다. 눈물겨운 힘듦을 이겨 내는 정신력이 나를 살렸다. 건강 찾는 일에는 환자의 인내와 용기와 마음가짐이 있었다.

선천적으로 건강하지 않게 태어난 사람도 있다. 후천적으로 환경, 식생

활 등 건강을 무시하고 생활한 사람도 있다. 교통사고, 업무상 다친 사람과 운동 중 다친 사람, 산과 바다에서 안전사고로 고통에 헤매는 사람도 있다. 일상에서 안전 생활 미비로 골절 등 여러 일들이 발생한다. 완쾌될 때까지 치료에 성의를 다하게 된다. 그만큼 고통은 일상의 방해꾼이다. 통증으로 오는 고통은 자신과의 처절한 싸움이 된다.

여고 친구 경숙이는 마흔에 암 선고를 받고 세상을 떠났다. 나는 44살에 암 선고를 받았다. 이 친구의 죽음은 애달팠다. 나보다 먼저 암 선고를 받고 수술받고 항암치료를 했지만, 결과는 슬픔이었다. 친구가 살려고 한 노력은 회복되지 않았다. 친구의 모습을 보았다. 먼저 간 친구를 원망하게 되는 것이다. 어쩌자고 저런 어린 자식들을 두고 가느냐는 절규이다. 부모를 잃는 상황은 이루 말할 수 없다. 나이 들어 엄마가 돌아가셔도 마음 한구석에는 고아라는 느낌 드는데 어린 자식에게는 말할 수 없는 통탄이다. 혼자만의 문제가 아니다. 가족 모두가 짊어져야 하는 고통이 된다. 부모가 자식을 잃어도 그 아픔은 마찬가지다. 서로의 건강을 지키는 일은 가족의 의무이다.

아프지 않고 일생을 사는 일은 드물다. 건강을 잘 유지하고, 발병되었을 때 치유하느냐에 따라 아픔의 시간을 줄일 수 있다. 산을 좋아해서 산행 가기도 하지만 암 치료를 위해 오직 산에만 매달렸다. 등산 횟수가 많아진다.

무릎을 무리하게 사용하니 무릎에 물이 차면서 통증이 온다. 통증으로 걸을 수 없고, 쪼그리고 앉으면 통증으로 머리를 감을 수 없다. 치료하는데 일 년 산행을 쉬었다. 앞으로 가지 못하면 어쩌지 불안한 마음이다. 치료받기에 성의를 다하고 조심하니 다시 산을 갈 수 있었다. 앓고 나니 무릎 귀중함을 알게 되지만, 암이 더 무서웠다. 건강을 잃으면 아무런 일을 할 수 없음을 알기 때문이다.

여행은 건강하지 않으면 실행에 옮기기 어렵다. 장거리 해외여행은 비행시간이 12~13시간 소요되는 곳 많다. 기내에서의 고통을 감수하고 떠나는 여행은 각오가 필요하다. 비행시간 고통으로 여행을 포기하기도 한다. 여행 중 건강하지 못한 일행이 있으면 모두 불안하다. 히말라야 마르디히말 트래킹 중에 장염인지 먹으면 설사가 났다. 동행자들에게도 민폐 됨을 알지만, 약효 없으니 어쩔 수 없는 상황이다. 계속 묻는다. 괜찮으냐고. "괜찮아요." 답하지만 불편함과 체력 손실로 힘든 걸음을 옮겨야 했다. 건강은 어디에서든 최고점이 된다. 자유투어 등반이 아니었으면 돌아왔을 것이다. 패키지여행 책임자는 환자를 데리고 4,000고지를 갈 수 없다고 포기시켰을 것이다.

남편의 흉부외과 동맥 관상 우회술 수술로 온 집안이 편안하지 못하다. 외출하는 시간을 줄인다. 오직 환자의 간호에 집중한다. 24시간 간병으로 온 가족이 매여 있게 된다. 온 집안 비상사태이다. 환자는 환자대로 간호하는 가족은 가족대로 내색하지 않지만, 일상의 리듬이 깨어진다. 한 사람의 건강이 아니라 가족 건강이 된다. 미리 챙기는 일이다. 건강에 해가 되는 습관을 없애는 방법도 건강 지키는 방법이 된다. 건강을 잃기 전에 챙기는 게 제일 좋은 방법이다. 몸에게 사랑을 주는 일이다. 몸과 마음을 혹사하는 사람은 어리석다. 효율 가치는 자신에게 선물이다. 안전상은 필수 조심이다. 다음은 몸과 마음으로 서로 어울려 잘 노는 일이 중요하다. 몸과 마음이 잘 어우러져야 건강과 연결되는 건강 유지법이 될 수 있다.

보들레르와 모파상의 매독, 도스토옙스키의 간질, 프루스트의 천식, 루소나 카프카의 우울, 프리츠 조름의 암이 그랬다. 유명 작가들의 질병에 아연해진다. 건강하게 살다 가는 일은 복 받은 일이다. 다 건강하게 살지는 못한다. 발병했을 때는 환자의 마음가짐과 치료가 병행되어야 한다. 우리가 할 수 있는 일은 건강하게 사는 것이다. 건강관리에도 지혜가 필요하다. 스스로 건강관리에 최선을 다하는 것이다. '누가 대신 아파 주겠는가?' 분명 머리 아픈 일, 신경 써야 할 일들이 비일비재하다. 꼭 필요한 것 외에는 날려버리자. 옛날 같으면 남편 말이 법이라는 식으로 존중했지만, 이제 건강을 위해서 다 잘하려고 하지는 않는다. 적정선이다. 친구가 사망했다. 남편의 속 썩이는 이야기가 나왔다. 이구동성 "아직 그 일에서 초월하지 못했냐?"라고 묻는다. 건강은 손끝에 있다. 오히려 신경 쓰고 건강 나빠진 친구를 나무란다. 적반하장이 된다. 누구든지 자기 건강은 스스로 지키는 지혜를 발휘해야 한다. 건강관리 잘하는 친구가 있으면 다른 친구에게 자랑하며, 체험담을 들려주는 시간은 나눔이 된다.

3

모래처럼 빠져나간 시간

시간은 우리 모두가 가진 가장 공평한 자원이지만,

가장 낭비되는 자원 중 하나이다. _위렌 버핏

시간은 누구에게나 공평하다. 게임을 하거나, 운동할 때, 산을 오를 때 좋아하는 일을 할 때 빨리 끝남을 느낀다. 같은 시간이지만 와 닿는 시간은 다르게 느껴진다. 시간은 똑같이 주어지지만, 잘 쓰는 사람과 대강 쓰는 사람, 시간개념 자체가 없는 사람도 있다. 똑같은 시간 달란트이지만 사용자에 따라 다른 시간이 된다. 시간 중요함을 계산하지 않는다. 돈을 조금 손해 볼 때는 따진다. 물건을 잘못 사면 돈의 가치로 따진다. 시간은 계산에 넣지 않는다. 바람과 공기, 햇볕과 물처럼 아무런 계산 없이 주어지는 당연함이기 때문이다. 나이 들어 60이 넘어서면 그제야 시간 소중함으로 몸서리치게 된다. 오늘 하지 못하면 내일 하면 되지. 내일이라는 시간이 기다리고 있으니 돈보다 덜 긴박한 것이었다. '이 정도면 했으면 됐지.' 시간 관리에 대한 보통의 기준에 맞추고 있다. 친구끼리 하는 대화이다. "대강 살자.

너무 잘하려고 하지 마. 얼마나 오래 살려고 그러니." 잘 놀고 잘 먹고 걱정 없이 건강히 사는 삶을 이야기한다.

경제적으로 부자인 친구는 조선업에 납품하는 일을 밤새워 가며 열심히 일했다. 부족한 수면에 노는 시간을 반납하고 회사 일에만 시간을 다 쏟아 부었다. 친구의 시간과 노력이 돈이 되었다. 시간을 잘 쓴 사람과 대강 쓴 차이는 현저하다. 그 친구의 시간 투자는 경제적 부이다. 결과대로 되었다. 그런데 늘 있을 것이라는 생각한 시간은 흘러 어느새 노년이라는 자리에 서게 되었다. 젊어서 시간 사용 조절을 신중하게 하지 못함이다. 부지런히 했는데 손에 잡히는 결과가 없다 호소한다. 인생의 초년부터 계획된 시간 관리가 미비했다. 열심히만 하면 되는 줄 알았다. 60에 와서 보니 간암이라는 판정을 받고, 시간은 모래처럼 손에서 빠져나갔다. 실감하게 된다. 늦은 후회다. 미리 챙기지 못한 시간 관리였다. 잃어버린 것을 찾는 일은 물건일 때는 가능하다. 다시 사면된다. 시간은 다시 살 물건이 아니기에 소중하다. 돈이 많은 친구는 우리 곁을 떠났다. 돈으로 시간을 살 수 있었으면 많은 시간을 사고 건강을 샀을 것이다. 그렇게 되지 않았다.

60 후반에 와서 되돌아보니 세월 속에 묻힌 시간이다. 왜 청장년의 시간을 계획 없이 보냈을까? 결혼하고 애들 키우는 일이 인생의 전부인 줄 알았다. 조금 눈 돌려 시간 활용성을 찾으려 하지 않았다. 청장년의 중요한

시간을 예사롭게 생각했다. 시간 관리 실천하지 않았고, 그 시간은 손에 쥔 모래처럼 빠져나갔다. 실감하지 않았다. 내일 하면 되지. 편하고 안이하게 대처한 나는 지금 60에 와 있다. 빠져나간 시간에 대한 후회는 보상받지 못한다. 도스토엡스키는 "지금이 제일 중요하다." 이야기한다. 친구들은 사진을 찍으려 하지 않는다. '지금이 제일 젊은 시기여.' 그때가 지금이 되었다. 나타나는 시간 흐름을 사진에서 실감하게 된다. 우리의 핵심은 다시 돌아갈 수 없음이다. 다만 지금의 시간에 최선을 다하는 일이다. 노년 시기는 시간 배분이 중요하다. 지나간 시간이 뒤돌아 오지 않기에 지금의 시간을 지나온 시간보다 더 잘 쓰는 방법을 살아온 삶에서 되새긴다. 지나고 나서 알게 되는 아쉬움이다. 청장년도 그랬지만, 노년의 시간은 실수 없이 나름의 지혜로운 방법을 찾아 잘 관리해야 한다. 이제는 자고 나면 새 몸이 아니다. 체력이 예전과 같지 않다. 기억력은 현저히 떨어진다. 용기까지 상실되어 간다. 좋지 않은 이유를 대면서 60이라는 숫자에 핑계를 댄다. '이 나이에 뭘 해.' 무임승차 하려고 한다. 수고하지 않으면서 목적지까지 가려 한다. 동물은 우두머리가 가면 따라가듯이 이유도 모르고 따라가는 것으로 보인다. 하지만 내 의식으로 조정하여 가는 동안에는 주위의 삶에 마음 위로를 얻을 수 있다. 무료히 가는 시간이 있는가. 노는 일도 잘 놀면 된다. 다만 시간 낭비에 업혀 가려고 하지 않는다. 시간이 공평하게 주어지면, 열심히 한 자에게 보상은 돌아오게 된다. K여사는 손자, 손녀 둘을 키우고 있다. 아기 때부터 키웠다. 육아에, 살림에, 요양보호사로, 성당 봉사하면서 붓글씨 작품까지 내어놓았다. 언제 서예 수업 받고 작품까지 출품하다니. 그녀는 모래처럼 빠져나가는 시간을 챙긴 것이다. 지나간 일은 나라 임금님도 돌리지 못한다. 누가 그 시간을 돌려줄 것인가. 남은 시간을 2배로 쓸 계획을 잘 세우고 실천했다. 소중함을 몰랐던 배상이다.

산을 오르려고 할 때 정상까지 가야만 산행인 것은 아니다. '지금에서 뭘 할 건데.' 하지 않는다. 할 수 있는 일을 찾는다. 버킷리스트를 다시 만든다. 건성으로 하던 차(茶) 공부를 다시 시작한다. 출발한 만큼은 시작한 것이 된다. 60은 숫자일 뿐이다. 다른 희망이 나를 안내한다. 빠져나간 시간을 60에도 관리할 수 있다. 열정은 마음먹기에 달려 있다. 나를 잘 다스리는 노후는 모래처럼 빠져나가는 시간을 다양한 모습으로 연출하면 잘 챙기는 것이다. 모래는 건축물에서 꼭 필요한 재료이다. 잘 지어진 건축물을 보면 뿌듯해진다. 시간 건축물을 만들어 보자.

4

자식 농사 끝나니 내 인생은 어디에

'자식 농사는 끝났지만,

이제부터는 자신의 내면을 가꾸면 새로운 목표로 도전한다.'

딸에게는 친정엄마가 모델이다. 엄마가 살아온 삶의 모습이 눈에 선하다. 열 자식을 낳았다. 셋은 먼저 저세상 보냈다. 가난한 시절 큰딸에게 동생들 맡기고 장사하러 나갔다. 부산 도매상에서 바늘, 실, 빗 등 잡화상물건을 해서 시골 동네로 발품 팔면서 팔려 다녔다. 장사 가지 않는 날은 논과 밭에서 들일을 하게 된다. 집에 있는 엄마와 딸들을 아버지는 부른다. 엄마는 쉴 시간이 없다. 잠자는 시간 외에는 일이다. 아버지는 한 수 더 뜨신다. "부지런 해야 한다. 게으른 것 아무짝에도 쓸데가 없어." 자갈논은 천수답[1]이다. 비 오면 바로 물 빠지니 논농사하기 힘든 땅이다. 몇 마지기 되지 않는다. 다음 가을걷이까지는 양식이 모자라지만 그것이라도 없으면 낭패다. 자갈논이라도 돌 주워 내면서 다듬는다. 수시로 자갈돌 주우려 아버지는 딸들을 부

---

1 저수지나 지하수 펌프 등의 관개 시설이 없어, 물을 오로지 빗물에만 의존하는 형태의 논

른다. 그렇게 애지중지하던 땅은 아버지 살아생전까지 그런대로 소유했다. 아버지 돌아가시자 아들은 잘 다듬어 놓은 자갈논을 팔았다. 아들을 70년 대 서울에 있는 대학 공부시키느라 고생고생했는데 천수답이라도 사 주지 못하고 다 팔아 갔다. 맨 마지막 남은 것은 초가집뿐이었다.

가난한 친정엄마에게, 딸이 위로라고 하는 말이 '엄마 그 시절에는 다 그렇게 고생했어.'였다. 돌아가시고 나서 후회한다. 엄마의 노년을 잘 보살펴 드리지 못했다. 나는 엄마에게 "지금 우리도 살기 힘들어요. 엄마가 이해를 좀 해 줘."라고 말했고, 엄마는 "그래 내 걱정은 하나도 하지 마라. 너거들 걱정이나 해라."라고 답했다. 당연함으로 받아들이고 내 자식 키우는 일에 만 신경을 썼다. 이제는 내 나이 60이 넘으니 뒤돌아보게 된다. 후회는 나 중에 오는 일이지만, 참으로 씁쓰레한 마음은 울분이 된다. 오빠 둘은 일찍 부터 서울로 갔다. 엄마는 서울로 가기 싫어했다. 우리 집에 있으라고 말해 도 엄마는 "바깥사돈이 있는 집에 내가 어떻게 있냐."라며 거절했다. 몇 달 같이 사시고는 어쩔 수 없이 가기 싫은 서울 아들 집으로 가셨다. 시어른 모시고 있는 형편인데 친정엄마까지 모시는 일은 버거운 일이라 단정했다. 아들 부양을 받았지만, 아파트 생활은 엄마에게 감옥처럼 모든 일상을 포 기하게 하였다. 시골집과 가까운 딸 집에 계셨다면 왕래하면서 조금 더 사 셨을 것이다. 엄마는 자식 열을 키우면서 당신 삶은 없었다. 오직 자식 잘 되기를 바라는 마음. 너희들이나 잘 살아라. 엄마 걱정은 하나도 하지를 말아라. 그 모습만 보아왔다. 친정엄마처럼 살지 말자고 약속했지만, 친정엄마의 뒤를 밟고 있다. 자식 위하는 방법은 변화되었지만, 기본은 여전히 보호본능이다. 조금 아껴 쓰고 자식들에게 조금 더 남겨 주고 싶어 한다. 부모는 자식 앞에서 내색하지 않지만 '부모 마음이죠. 부모 세대 가난 물려주면 되나요.'라고 여긴다. 자식에게도 도움 주고 싶으면서 내 노후도 내가 책임지고 싶은 두 가지 욕심을 부모는 가지고 있다. 보편적 부모의 마음이다. 산업의 발전으로 경제적으로는 생활이 좀 여유로워졌다. IT 시대다. 빠른 정보화 시대의 변화로 부모 의식도 바뀌고 있다. 지금 시대의 자식들에게 노후를 맡길 수 없다. 요양병원으로 아니면 실버센터로 부모인 우리들이 노후에 자립하기를 원한다. 자식들에게 짐이 되지 말자는 의식이 밑바탕에 잠재되어 있다. 농촌 사회에서의 부모 세대와 정보사회의 부모 세대 의식 차이는 있겠지만, 베이비붐 세대의 일반적인 생각은 자식들 뒷바라지와 앞으로 노후 준비이다. 두 가지를 잘해야 부모 역할이 된다. 그러니 정년퇴임을 해도 일거리를 찾는다. 주위 친구들 60대를 보면 일을 하고 싶어 한다. '좀 쉬지.' 해도 내 노후 내가 책임지면서까지 자식들 돕고 싶어 한다. 아직 자식들 뒷바라지와 내 인생의 마무리를 누구의 도움 없이 스스로 한다는 것이다.

자식들 장가 시집보내고 나니 60이 되었다. 걱정은 끝나지 않는다. 경제적으로 더 도움을 주고 싶다. 맞벌이하는 딸, 아들 부부를 위해 손자, 손녀를 봐 준다. 열심히 살려고 하는 자식들의 힘을 덜어 주고 싶다. 친구는 딸과 사위가 군인이다. 비상근무로 수시로 부대로 복귀하니 밤에 애들만 두지 못하여 아예 애들을 키우고 있다. 근무지가 바뀔 때마다 이사 다닌다. 엄마, 아빠 역할을 할머니가 대신하게 된다. 친구는 "손자가 커서 유치원도 가고 학교도 가니 이제 시간이 많아졌어. 이제 고생 다 했어."라고 말한다. 손자를 봐주는 친구는 자식들에게 힘을 덜어 주지 않으면 마음 편하지 않았을 것이다. "내 육신이 힘들었지만, 육아에 할머니 힘을 보태어 준 게 얼마나 다행이야. 딸이 편안하게 직장생활 할 수 있었어." 초등학생이 되니 할머니는 기력이 쇠진하는 나이가 되었다. 그래도 자식들에게 부모 역할을 지금에서도 할 수 있으니, 마음은 편하다. 끝이 없는 자식들 바라보기다. 일상에서 오는 갈등, 건강 문제, 경제 문제 등 일에서 마음을 놓지 못한다. 알면서도 뚝 던지지 않는다. 부모 마음은 숨 떨어져야 자식들 걱정 놓는가 보다.

자식 많으면 바람 잔잔한 날 없다는 말이 틀린 말은 아니다. 한 가지 일로 속 썩여도 7번이다. 친정엄마는 일곱의 자식들 이야기를 불평하지 않고 다 받아 주었다. 막내딸은 아들 둘 키우는 일도 힘들다 호소한다. 일곱을 낳은 친정엄마가 훨씬 우리들을 더 잘 키웠다. 나는 고여 있는 물보다 흐르는 물을 좋아한다. 물의 이치처럼 부모 사랑 변함없어라. 친정엄마가 말한 "내리사랑"의 뜻을 알게 되니, 내 자식은 또 다음 세대들에게 주는 사랑으로 자식 농사는 그렇게 지어질 것이다.

이 나이면 손자들 대강은 컸다. 손자들이 "할머니 언제 집에 가요." 말하기 전에 다 키워 주고는 내 자리로 돌아온다. 60의 후반은 우리 시간이다. 머무름에 있는 것 아니라, 움직임에 나를 합류시킨다. 아이들은 "할머니 잘계셔요." 핸드폰으로 인사 전할 것이다. 내 자리는 여기였구나. 미리 알아서 챙겨두어야 한다. 나의 몫이다. 자식 농사 끝나면 이모작으로 내 인생의 농사를 지어 보는 것이다. 수확이 좀 덜 나면 어떠냐? 농사짓는 즐거움이 곧 자식 농사 끝난 다음의 여유이다.

5

삶에는 정답이 없다

'인생은 예측할 수 없다. 좋아하는 일로 그 여정을 즐기는 것이다.'

친구들과 술이 아닌 커피를 두고 앉는다. 대화 초입에는 사소한 이야기이다. 대화가 무르익을 때는 노후에 관한 우려가 나온다. 젊음과 반대되는 이야기이다. 어떻게 하면 잘 놀고 잘 살아야 하는가? 묻는다. '사는 게 정답이 어디 있어. 스스로 좋으면 되지 않니.' 반문한다. 그러면 좋아하는 일을 다 한다고 해서 삶의 정답이 되나. 그나마 좋아하는 일 하는 것이 다행이지. 삶이 정답을 찾지 못하니 좋아하는 일과 잘 사는 일에 근사치를 맞추게 된다.

'내가 좋아하는 일은 뭐지?' 나열한다. 돈 버는 일이다. 돈 쓰는 일을 더 좋아하기도 한다. 많이 쓰고 싶지만, 가진 돈이 부족하다. 친구들과 식당엘 가도 먼저 밥값을 내고 싶지만, 주머니 사정 생각한다. 편안하지 않지만 난 다음에 한번 살게. 친구가 사 주는 밥 얻어먹는 일도 1, 2번이면 족하다.

밥값을 내고 싶지만 주머니 사정 생각하면 우울해진다. 얻어먹는 식사보다 친구에게 식사 한 끼 대접하는 것이 훨씬 마음 편하다. 대접하고 돌아오는 발걸음이 가볍다. 주머니 사정 생각하지 않고 베풀고 싶음이다.

여행을 좋아해도 시간 내기 어렵다. 여행경비도 부담스럽다. 장거리 여행에는 더더욱 발목 잡힌다. 직업을 가지고 있으면 자유 시간이 부족하다. 가족 중에 환자가 있으면 간병 문제로 여행을 취소하게 된다. 권유할 때 동행하고 싶다. 여러 사정이 하고 싶은 여행을 본의 아니게 미루게 된다. 다음에 가지. 여행 욕구를 발목 아래로 내리게 된다.

친구들이 사교춤을 배우라 권한다. 친구들이 하는 모습 보면 하고 싶다. 좋아하지 않아서일까? 친구 따라 업소에 가 보니 성격과 맞지 않은 놀이문화이다. 운동 많이 된다고 역설하지만, 적성에 맞지는 않는다. 운동하는 장소로는 아닌 것 같다. 환경이 마음에 들지 않는다. 여러 이유가 있지만 결론은 썩 좋아하지 않음에 있다. 만약 좋아하면 벌써 시작하지 않았을까.

산 타기를 무지 좋아한다. 좋아하지만 혼자는 엄두를 내지 못한다. 좋아함보다 무서움이 더 크다. 백두대간을 혼자 오르는 여자가 있다. 기자가 질문한다. "무섭지 않으셔요?", "해야 할 일이 더 중요합니다."

좋아하는 일은 환경의 변화에도 어떤 방해가 와도 계속하게 된다. 악조건에도 감당하는 힘을 낼 수 있다. 좋아하는 일에 도전하면 쉽게 끝내지 않는다. 끝까지 인내한다. 힘든 만큼 보람도 커진다. 삶의 정답은 없지만 도전하는 만큼 가까이 가게 된다. 좋아하는 일이라고 그냥 두지 아니하고 부지런히 갈고 닦는 과정에서 좋아하는 만큼 향상되는 이치를 경험하게 된다. 지나고 보니 좋아하는 일이 더 성과를 낸 셈이다. 그래서 삶의 정답을 좋아하는 일에서 정의 내리게 된다.

행복을 주위에서 찾지 아니하고 멀리서 찾으면서 '나중에 그렇게 될 거야.' 기대를 가지고 산다. 조금만 더 기다리자, 하며 멀리서 찾고 있다. 우리는 지금 상황에서 나중이라는 시제를 쓰면서 기다리게 된다. 『행복의 기원』 서은국 저자는 행복은 지금 여기임을 강조한다. 어제 내가 행복했다. 오늘은 행복하지 않다. 내일은 행복할 것이다. 이게 무슨 의미가 있는가. 지금 내가 서 있는 위치에서 행복해야 한다. 또 행복은 오래가지 않는다. 옛날에 행복한 시간이 지금 행복한 것은 아니다. 다른 일들이 행복이 된다. 지금이 행복해야 한다. 마음으로 지금을 소중히 여기는 것이다. 행복의 정의이다. 지금 행복해야 함을 알게 된다. 좋아하는 일에 하고 싶은 일을 더하면 분명 삶의 정답을 찾을 수 있다. 하늘에 구름 날아가는 모습만 봐도 표정이 바뀐다. 들길에 핀 야생화에 발걸음 멈추고 바라보는 마음만이라도 행복할 수 있다. 어둠이 앞을 분간하지 못하게 해도 밤 풀벌레 소리에 행복하다. 삶의 정답은 내 주위에 있음을 알게 된다. 내 일상생활에 있다. '나 지금 우울해.' 하는 날은 여름이면 냇가에 발을 담근다. 더워서 죽을 지경이다 싶으면 노래한다. "손이 꽁꽁 발이 꽁꽁 겨울바람 때문에". 시원한 생각은 혈액을 순환시키면서 피부 이상 발진인 소름으로 기분 상한 것들을 발산시킨다. 마음먹기이다.

나이로 우울하게 할 때 많다. 하지만 그대로 둘 수 없다. 우울한 조건들이 계속 깊이 침투하려 한다. 방어벽을 쌓는다. 100점 아니면 어떠냐. 90점도 아니어도 70점도 괜찮다. 스스로 잘 살았어. 인정하는 삶이면 정답이 된다. 우리는 돈을 보면 위조지폐가 아닌가 살핀다. 삶에서는 내가 진짜로 잘 살고 있는지 아니면 대강 살고 있는지, 가짜로 살고 있는지 따지지를 않는다. 내 삶을 내 마음대로 할 수 있는 특권이 있기 때문이다. 나중을 생각한다. 정답은 없지만 정답에 가까운 근사치를 찾으려고 노력한다.

'나이 들어서 이제 뭐 하라꼬?' 말하지 말자. 내가 의식이 깨어 있다면 노력하는 자의 것이다. 하루 시간을 가지고 분배해 본다. 아무것도 배우지 않고 놀려고만 하는 남편은 열심히 사는 아내보다 똑똑하고 IQ도 높다. 그래도 머리 좋은 남편이 부럽지 않다. 머리 좋다고 자만하는 사람보다 나이 들어도 시간의 귀중함을 아는 사람이 되고 싶다. 지능과 상관없이 무엇인가 하려고 하는 모습에 위안을 얻는다. 손 놓고 무위도식이 아니라, 배움을 긍정으로 받아들이는 관계의 귀중함을, 살아 있는 동안 내게 주어진 복이라 생각하고 감사하는 마음이다. 배우기 싫어하는 남편은 가을이 되어 마당에 곡식 쌓이지 않으면 곡식 쌓인 이웃집 보고 부러워하지 않을까? 지금도 놀고 있다.

$$\text{6}$$

유서는 죽음 앞에서 써야 하는가

삶은 죽음의 근본이요, 죽음은 삶의 뿌리라 하네. _한재 이목

유서는 유언(遺言)으로 남긴 글이다. 자식에게 남편에게 남기는 글이 될
수 있지만 살아 있는 나에게 먼저 글로 적어 본다. 막상 가상이지만 유서를
적어 보려니 기분이 가라앉는다. 만약 실제상황이 내 눈앞에 펼쳐지면 어
떤 모습일까? 편하게 죽음을 받아들이는 자. 내 삶을 여기 두고 가기 싫어
발버둥 치는 자. 사고로 어쩔 수 없이 순간적인 임종을 맞는 자. 다양한 임
종을 보게 된다. 엄마는 "나이 들어서는 자는 잠에 가는 것 최고지. 그보다
더한 복이 어디 있어. 사람은 죽을 복을 타고나야 하는 거지." 했다. 마음대
로 되지 않는다. 그런 죽음 앞에 먼저 말이 아닌 글로 표현해 봄이 유서가
된다. 유서는 임종의 복을 누리기 위한 수단이다. 잘 살면 임종도 쉽지 않
을까 하는 착각은 사람의 특권이기 때문이다. 살아 보니 아쉽고 후회되는
일들이다. 자식들에게 이야기하면 잔소리가 된다. "옛날엔 나도 그랬어."
하면 "듣기 싫어요." 엄마의 말이 나오기 전에 "알아서 해요. 엄마 신경 쓰

지 마셔요." 세대 차이로 옛날 사람으로 취급하는 못된 버릇으로 말문을 막곤 했다. '살아 보아야 안다.' 나에게 그 말이 틀리지 않았다. 어쩜 나를 두고 한 말이었다. 엄마에게 들으려고 하지 않은 이야기들이 이제는 나의 현실이 되었다.

유서 쓸 나이가 된 것이다. 엄마 아버지가 살아계셨다면 먼저 이 글을 드리고 싶다.

엄마 아버지 죄송합니다. 막내딸 43살에 낳아 어려운 경제생활에 무척이나 힘들었죠. 직장생활에서 돈 좀 번다했지만 바로 시집가니 "딸년 낳아 아무 소용없어." 살아 보니 그 말이 가슴에 저립니다. 내 새끼 귀한 줄만 알고 부모는 뒷전이었죠. 아버지 위암 통증에 힘들어했지만, 하룻밤 같이 지내주지 못했죠. 지금 생각하니 왜 그리도 소견이 없었는지. 한두 가지 아니니 다 들어내어 보여도 지금 무슨 소용이 있겠습니까? 엄마 그래도 딸 밉지 않죠.

엄마! 이제는 유서 쓰는 나이가 되었지만 아직은 유서로 보지 않으렵니다. 더 잘 살자는 염원으로 보겠습니다. 하고 싶은 일로 실천하겠습니다. 60까지는 바쁘게 살았습니다. 이제는 천천히 살려 합니다. 자동차가 빨리 달리면 창가에 펼쳐지는 자연의 모습을 잘 보지 못합니다. 걸어서 가면 다 볼 수 있습니다. 더디 가지만 볼거리가 많습니다. 음미하고 가는 거죠. 급하게 먹는 음식보다 천천히 먹는 음식의 맛을 더 음미하듯이 또한 느림이 몸에 와 닿겠지요. 사물을 보는 긍정의 힘을 가지려 합니다. 나에게 준 세상 선물을 잘 사용하려 합니다.

"나이 들어 할 수 없어." 하지 않겠습니다. 80보다 60이 젊으니까요. 공부할 일이 많아 좋습니다. 젊었을 때 하지 못한 공부들이 이제 눈에 들어옵니다. 빌 게이츠, 워런 버핏, 일론 머스크는 부자입니다. 독서광들입니다. 일찍 알았더라면 책벌레가 되어 성공의 원칙을 공부하지 않았을까요. 하지 못했음을 탓한다고 후회는 되돌릴 수 없죠.

지금이라도 할 수 있는 일이 있어 좋습니다. 과정을 즐기려 합니다. 좋은 글귀가 나오면 메모하여 두었다가 옮겨 적어 보렵니다. 노년의 행복을 찾는 일이 곧 노후의 준비 아닐까요. 엄마는 우리에게 훌륭한 부모님이었습니다. 닮지는 못해도 엄마처럼 살기를 바라는 마음입니다. 엄마, 자식들에게 쓰는 유서는 아직은 자신이 없습니다. 딸로 살아 보니까 조금은 이해하게 되더라는 마음으로 정리하여 가면서 조금 더 완성되는 유서를 만들어 가고 있습니다. 엄마, 잘 산다는 것을 몰랐죠. 무조건 열심히 살면 된다고 생각했습니다. 지나고 보니 벌써 내 나이 예순일곱이라는 자리에 서 있는 겁니다. 분명 하루가 있고, 일주일, 한 달이, 일 년이 있었을 텐데 이 자리에 서고 보니 휙 날아온 마음입니다. 하루하루 점검하지 않음이 억울하고 뭉뚱그려 지난 시간에 대한 회의는 이루 말할 수 없습니다. 지금도 늦지 않았다는 위로하지만, 마음은 벌써 유서 쓸 시기 아닌가 하는 마음에 바빠집니다.

엄마한테 하는 이야기가 나에게 하는 이야기 된다. 어릴 때 꿈꾸는 법을 몰랐다. 멘토가 없음을 핑계 댔다. 책이 꿈을 키워 줌에 도움 됨을 몰랐다.

늘 양보하고 착해야만 하는 줄 알고 나는 '착한 아이 콤플렉스'로 나를 표현하는 일에 소홀했다. '왜 그랬을까.' 여학생은 내성적인 성격으로 부끄러움과 소심함에 앞장서는 일은 하지 않았다. 자라면서 조금만 건드려도 겁먹는다. 긴장한다. 겁 많은 소녀다. 아직도 겁이 많으니 혼자 산행 못 한다. 1,000회 이상 정상을 걷다 보면 혼자도 할 수 있을 법한데 처음부터 시작하지 않는다. 혹시 죽음 앞에서도 혼자 가지 못한다고 겁내지 않을까? 무서움은 삶에 아무런 도움이 되지 않지만, 늘 따라다니는 악재다. 다양한 세상을 마음대로 다니고 싶었지만 정작 다니고 싶은 마음은 겁 많음과 용기 부족으로 그룹 여행은 다녀도 혼자 자유여행은 생각지도 못했다.

엄마의 마음을 이해하는 소견은 아직도 부족하다. 완성하지 못하고 가는 삶이 인생인가? 늘 고민하고 후회하고 다시 시작하고 반복하는 일상이다. 유서는 아직은 마음에서 쓰고 있다. 아직 가족에게 글 남기지 못하는 이유는 아직 삶에 대한 미련 많아서인가 보다. 지금은 유서를 쓰지 않으려 한다. 유서 쓰려는 마음이 삶에 대한 애착으로 우울해지기에 미리 유서 쓰지 않고 있다. 삶을 아직은 더 좋아하는 이유로 살아가고 싶다. 마음에 담은 이야기들을 잘 풀리는 실타래처럼 잘 정리하여 쓰고 싶다.

현명한 사람들은 미리 써 둔다. 재산도 관리하여 둔다. 난 아님을 주장한다. 더 살고 싶은 삶의 의욕을 유서라는 무거운 짐으로 남기고 싶지 않다.

정말 떠날 때 정리하고 싶다. 우리는 늘 잘 살고 싶어 하면서 살았다. 다만 결과에 만족하지 못하는 아쉬움을 안고 산다. 우울하고, 후회하고, 뉘우치고 나를 닦달하는 원인을 돌아보는 삶의 긴 과정에 묻어두게 된다. 이제까지 넌 잘 살지 못했어. 말하지 말자. 수긍하면서 지금을 챙기자. 돌아보는 여유 있는 마음. 나랑 손잡고 걸어 보기도 하는 하루. 하고 싶은 이야기 무엇인지 들어주는 날. 나랑 함께 데이트하는 일인이역을 해 보는 것이다. 나의 살아온 지난 흔적으로 유서를 대신하면 어떨까. 좀 더 잘 살고 나서 유서 쓸 생각을 할 것이다. 하루하루 유서 쓰는 기분으로 최선을 다하는 삶이 곧 유서가 됨을 알고 있다.

친구들과의 구두상 약속

진정한 친구는 약속을 지키기 위해 최선을 다합니다. _벤자민 프랭클린

초등 친구에게 정이 좀 더 간다. 어릴 적 모습을 보는 듯 늘 애틋한 감정
이 살아 있다. 비슷한 모습에서 옛 생각은 애련함으로 정감을 더 불려 일으
킨다. 초등 모임에서는 농담을 많이 한다. 꺼리지 않는다. 특별히 감정을
상하게 하지 않으면 대체로 이해하고 듣는다. 가끔은 언성이 높아지기도
하지만 "미안해." 하면 "알았어. 잘해." 분위기가 누그러지기도 한다. 또는
섭섭한 이야기에는 경상도 사투리로 "야. 지랄하네. 인마, 너나 잘하셔." 씩
씩거리지만 응어리가 빨리 풀린다. 동창 모임에서는 의견 차이로 친구들과
의 제안이 어렵지만 친구가 적은 소모임에서는 웃으면서 제안한다. "누구
라도 먼저 죽으면 벌금을 내야 해.", "형편대로 자식들에게 유언을 남기고
가야 해." 내 친구들이 즐겁게 놀다 오게 벌금을 내게 한다. 누구는 얼마,
누구는 얼마. 대강 정해 준다. 경제적 형편이 좋은 친구에게는 벌금을 조금
더 부과한다. 내기 싫으면 빨리 죽지 마. 맨 나중 죽는 친구가 다 쓰고 가면

돼. 그러면 서로 늦게 죽어야지. 아프지 않아야 해. 이구동성이다. 벌금 내기 싫어서라도 천천히 가자는 이야기이다. 친구들과의 술자리에서 무슨 말을 못 해. 정으로 산다. 같이 지나다 눈을 감고 싶다.

친구는 건설 현장에서 감리사 업무를 보고 있다. 꽤 야무지게 일을 하는지 계속 일이 연결된다. 골프를 좋아하지만 운동할 시간 여유가 없는 모양이다. 건축주의 마음에 들지 않으면 누가 소개를 할 것이며 다시 부를 것인가. 보기 좋다. 일이 있는 시니어들에게 복이 된다. 누구에게나 노년이라는 시간은 온다. 감리사 친구는 정년퇴직이 있지만, 일을 잘하니 건축주들이 부른다. 본인 처세의 누림이 된다.

귀야 친구는 경제적 자립이 되지 않는다. 건강도 좋지 않다. 한 달 일하면 한 달 생활비가 된다. 건강상 일을 못 하면 수입이 없다. 주위를 둘러보면 경제적인 문제로 늘 고민하는 사람들 있다. 열심히 살아온 세월이지만 여러 조건으로 편하지 못하다. 매일 고된 일상에서 하루를 마감하게 된다. 노후의 건강을 위해서 운동하게 되고 경제적 자립을 위해 노후대책으로 준비하게 되지만, 인간사 새옹지마로 생각과 다른 일들이 일어난다. 막상 나이 들어 보면 노후는 전혀 다른 방향에 서 있음을 알게 된다. 친구와 구두상 약속도 내 호주머니가 비어 있으면 약속을 지키지 못한다. 술자리에서 하는 약속이지만 지킬 수 있는 마음의 여유를 부리고 싶다. 노후는 편히 잘 살고 싶음이다. 가만히 있지 않고 무슨 일이든 움직이기 위해서 일하는 것과, 당장 시급한 경제문제로 일을 해야 하는 것과는 다른 차이이기 때문이다. 구두상 약속은 친구의 노후를 서로 걱정하는 마음이다.

초등 친구들 회갑 기념으로 미얀마 4박 5일 여행을 갔다. 감정은 둘로 나뉜다. '벌써 이 나이라니.' 싶은 씁쓰레한 기분에서 '여행이라니.' 하는 여행의 기분에 들뜬다. 여학생은 회갑 상차림을 준비한다. 자식들은 바쁘니 우리끼리 준비하고 기념하자는 뜻이다. 여자 한복 몇 벌, 남자 한복 몇 벌 준비한다. 상차림 과일은 미얀마에서 준비한다. 식당은 가이드에게 부탁하여 이층 전체를 대여한다. 풍선을 불어 벽에 붙인다. 현수막을 붙인다. 최고의 상이 차려진다. 친구에게 한복을 입힌다. 미얀마인지 대한민국인지. 친구들 표정에 웃음이 녹아난다. 멋진 회갑 상차림. 친구들 합심하여 만들어진 잔치이다. 잔치는 이렇게 하는 게다. 값비싼 호텔이 아니어도 괜찮다. 마음으로 똘똘 뭉친 파티장이다.

마음의 여유를 얻기 위해 노년의 삶에 경제력을 완비하여야 한다. 먼저 떠나는 친구에게 벌금을 매기는 이유는 건강하게 같이 살자는 의미이다. "벌금 내기 싫으면 일찍 가면 안 돼." 구두상의 약속이라도 필요하다. 우리 뇌 속에서 짧은 경제적 계산을 하고 있을 것이다. 문서 없는, 각서 없는 약속이지만 친구의 우의에 웃음 나면 마음 부자가 된다. 연결고리는 든든함을 주기도 한다. "난 친구가 있어." 언제든 부르면 오는 구두상 약속한 친구들이 있기에 덜 외로울 것이다. 노후에는 구두상 약속을 많이 만들면서 살자. 손해 되는 일 없다. 무언이지만 그 약속을 지키기 위해 웃음이라도 짓지 않겠는가.

　멀리 있는 자식들보다 가까이 있는 친구들과 교류도 노후대책의 방법이 된다. 지금은 움직일 수 있는 노후이지만, 더 나이 들어 움직임이 거북스러울 때 친구와 전화 통화도 위안이 되는 시기가 올 것이다. 젊음은 아무런 이유가 되지 않은 시기이지만 노년은 다르다. 모든 움직임이 원활하지 못하며, 아픈 곳 많아진다. 건강이 분명 나빠진다. 젊음도 좋지만, 나이 듦도 나쁠 게 없는 나만의 노년 시간을 활용해야 한다. 편한 노년 시간과 젊음의 시간을 다르게 활용하는 것으로 비교하면서 실천 사항들을 잘 관리해 두어야 한다. 구두상의 약속도 약속이다. 약속은 지키라고 있는 것이다. 약속을 잘 지키는 사람은 삶에도 예의 있는 사람이다. 우리는 이런 친구들과 놀기 좋아한다.

　옥이 친구는 폐암으로 얼마 전 우리 곁을 떠났다. 우리에게 말을 남긴다. 잘 살고, 돈 많이 벌어서 친구들과 많이 나누고 오라고 당부하고 갔다. 우리 딸 송이도 잘 부탁한다는 말을 남겼다. 친구와의 구두상 약속을 예사로이 넘기지 않으며 사는 동안의 가치를 잘 활용하는 일상을 되기를 약속한다. 친구는 마음에 늘 있음이다. 오늘 지금, 여기에서 나를 챙겨갈 것을 약속하게 된다.

마음
처방전에
내가 약사다

2장을 들어가며

마음은 우리가 스스로 처방할 수 있는 가장 강력한 약이다. _브렌 브라운

마음 아픈 일이 있으면 헤어나오기 쉽지 않다. 주위 지인들은 위로하지만 정작 본인은 마음에 안고 살아가게 된다. '담 너머 저 집에는 걱정 없을 거야.' 해도 걱정거리 하나쯤은 안고 산다. 다행히 없으면 행복한 사람이다. 일찍 잃은 자식, 일찍 헤어진 부모님, 이혼한 집의 아이들, 부양 거부받는 노부모님, 사업 실패 등 수많은 일들이 한 가정에서 일어나고 있다. 이 많은 일들을 누가 처리하고 해결해 줄 것인가? 아무런 답이 없다.

얼마 전 장가 들지 않은 조카가 뇌경색으로 쓰러졌다. 나이 50이다. 어머니는 80이 넘었다. 황당하기 그지없는 일이지만 어떻게 손을 쓸 수가 없다. 가족은 어이없는 현실에 손을 놓고 있다. 환자 돌봄과 병원비, 그다음 이야기까지는 꺼내지 못하고 빠른 완치만 바랄 뿐이다. 이때 마음 놓으면 삶의 의욕을 잃게 된다. 마음은 행동으로 나타나 환자를 빨리 회복하게

만든다. 마음이 곧 처방전이자 약사가 된다.

친구는 대형아파트 공사를 하면서 시공사의 부도로 많은 괴로움을 겪는
다. 조합원의 농성, 해결되지 않은 업무들, 배신감 등 누구도 대신 해 주지
못하는 상황이다. 다른 친구들은 도움 주지 못하고 친구의 해결 능력을 바
라만 보고 있다. 우리들은 친구에게 힘내자는 위로만 보낼 뿐이다. 어느 정
도의 일이 해결되자 친구는 힘든 시기의 일을 얘기로 풀어 놓는다. 사람이
해결하지 못할 일 있는가. 입주가 끝나고 아파트 공사가 마무리되면서 새
로운 생활이 시작되었다. 긍정 마음은 치유를 부른다. 누구도 대신하지 못
하지만, 마음 처방전만이 치유의 조건이 된다. 마음은 힘이다. 마음은 능력
자이자 해결사로 마음먹기에 달렸음을 친구는 우리에게 보여 주었다. 마음
은 뇌의 지시대로 하는 것 아니라 내 의지대로 선두 지휘하게 했다. 생명과
건강만 지키면 시간이 해결해 줌을 알았다. "이 또한 지나가리다." 문구를
믿어도 괜찮다. 마음을 굳게 믿고 어려운 일을 기다리면 음이 양으로 바뀌
면서 살 길이 바로 옆에 있음을 알게 된다. 삶은 수수께끼 같을 때도 있지
만, 마음먹기에 달렸음을 살면서 배우게 된다.

이제는 남편이 나를 신경전으로 몰아도 귓등으로 듣는다. 해 보라지. 전
전긍긍하지 않는다. 마음을 달리 먹는다. 남편의 고집은 당하지 못하지만,
그 고집을 꺾을 생각 하지 않으니 오히려 내가 더 편해진다. 약국의 약이

아니라 마음 처방전이 나의 약사가 된다. 카페에서 친구들 만나면 남편 이야기를 많이 하게 된다. 이상한 점은 남편들이 하나도 같은 점이 없다는 것이다. 어떤 친구는 부지런해서 탈인 남편, 게을러서 탈인 남편 등 마음에 들지 않은 점들을 나열한다. 같이 산다는 게 수양이 필요할 정도이다. 문제는 대신 고쳐줄 수 없는 습관이다. 수용하든지 아니면 고치든지, 그것이 부부 문제다.

산을 오를 때는 오르막을 오르는 게 산행 최고의 넘어야 할 수고다. 쉽게 잘 오르는 산꾼을 제외하고는 늘 힘들어한다. 그 힘듦을 아무도 대신해 주지 않는다. 만약 대신해 준다면 산행의 묘미가 없을 것이다. 힘든 과정을 거쳐야 산을 오를 수 있다. 오직 내가 할 뿐이다. 올림픽 출전 선수들 보면 혼자의 고투다. 코치가 있고, 운동하는 팀원이 있지만, 나의 훈련은 나만의 정신력, 체력 싸움이 된다. 단체전이라 해도 개인의 몫이 모여 그룹으로 성적을 내기 때문이다.

부부간 다툼에서도 본인의 잘못을 인정하지 않는 경우가 많다. 인정하게 되면 자존심 상한다는 생각으로 개인 방어로 들어간다. 이처럼 일상의 아주 작은 사소한 일에서부터 결정하기 어려운 부분까지 개인의 책임이다. 책임을 잘 지려면 판단 능력도 따라야 한다. 결정을 내리지 못할 때는 의견을 묻기도 하지만 최종 결론은 스스로 내려야 한다. 그만큼 스스로 중요한 점을 인지해야 한다. 만약 부부싸움으로 집을 나왔다고 해 보자. 홧김에 나왔지만, 갈 곳이 없다. 친구 집도 기분 좋을 때 가는 곳이다. 아들 집은 엄마, 아버지가 싸워서 가는 곳이 아니다. 스스로 화를 다스리고 기분 좋은 날 가야 한다. 여행도 기분 좋을 때 가는 것이다. 영화도 기분 좋을 때 보러 가는 것이다. 어디든 어떤 일을 만나던 처방전은 나에게 있다. 일상의 모든 일들이 나에게 있음을 인지하고 가족이나 친구의 도움을 받되, 결정은 스스로 해야 한다. 스스로 결정을 내린 부분에서 책임은 나에게 있다. 마음의 처방에는 조제 방법이 있다. 나만의 사랑법으로 나를 지켜 주는 것이다. 나를 사랑하는 방법을 여러 가지로 챙겨 둔다면 내 마음이 허약해질 때 약효 100%의 사랑을 듬뿍 줄 수 있다. 나무는 물과 공기, 햇볕을 듬뿍 먹고 잘 자란다. 그처럼 나에게 유리한 방법으로 나를 지키는 일이 사랑을 주는 일이 된다. 사랑 처방전을 치료약으로 조제해 보면 어느 방법보다 효과를 얻게 될 것이다.

(1)

금은보화보다 값진 나잇값

'나잇값은 자신의 행동과 태도로 다른 사람들에게 좋은 영향을 주는 것이다.'

나이 들면 건강관리 잘 한 사람 몇몇을 제외하고는 만날 때 아픈 이야기 들어주어야 한다. 팔, 다리 신체 어느 부분 성한 곳이 없다면 구구절절 이야기한다. 마음은 다르다. 마음만이라도 아프지 않으려고 노력한다. 세상만사 살아 본 일들에 받은 상처들이 삶에 도움 되지 않음을 늦게 알게 된다. 나이가 증명한다. 작은 일에 스트레스를 받는다. 화를 잘 다스리지 못한다. 화를 내어야 직성이 풀린다. 남편과의 관계는 더하다. 경제활동을 해주는 버팀목은 되지만 일상에서는 정말 이해되지 않은 부분들이 모이니 늘 소리가 난다. 여자와 남자의 다른 점을 아무리 이해하려고 해도 되지 않던 것이, 이제 나잇값으로 이해하게 되니 세월이 처방전이다. 어쩜 저럴 수가 있어. 도저히 이해하려고 해도 이해할 수가 없어. "친구 남편은 그렇지 않아요." 비교하면 "가서 살아라." 어불성설에 입 다문다. 이 분위기에서 더 나가게 되면 언어폭력에 마음 병으로 이어진다. 누구 한 사람이 멈추지 않으면 집안 분위기는 냉기로 포근함을 찾아볼 수 없게 된다.

하루하루는 돌발 상황 연속이다. 즉 '이건 옳고 이건 아니야.' 그 선을 긋느라 늘 소리가 난다. 남편은 여전히 소소한 습관을 고치지 못한다. 텃밭에서 일하고는 일복으로 침대에 눕는다. "좀 쉬었다 갈아입을 테니 말아라." 말문이 막힌다. 변기까지는 실내화를 신어야 한다. 맨발로 변기 앞에 선다. 어떻게 해석해야 하느냐는 문제는 그다음이다. 열불이다. 아이들에게 교육하듯 "이것 좀 고쳐 주세요." 하지만 여전히 그대로다. 포기하지 아니하고 고치려고 무진 애를 쓴 노력은 아무런 변화를 얻어 내지 못한다. 짜증으로 화를 내어 본다. 묵비권으로 입을 다물어 본다. 여러 제제는 아무런 효과를 내지 못한다. 이럴 때는 어떻게 하지? 포기인가? 체념인가? 여러 방법을 고민하고 행동으로 취해 보지만 고쳐지지 않는 습관은 부부간의 애정 문제까지 이어지게 된다. 어쩜 저럴 수가 있느냐에 초점을 맞춘다. 너무하다는 생각에 서운하고 괘씸하며 미운 마음으로 변한다. 이쯤 되면 미워 각방을 쓸 생각도 하지만 더 가정불화를 만드는 감정싸움에 꼬리를 내리게 된다. 마음 상처는 깊어진다. '별것도 아니구먼. 그까짓 뭐라고.' 할 수 있지만 싸우다 보면 잘잘못의 이야기들을 더 끌어들이게 된다. 이때 지혜는 지금까지 잘못한 이야기, 나쁜 습관 등 마음 들지 않은 이야기를 끌어들이지 않는 것이다. 콧방귀 끼고는 돌아선다. 싸워서 얼굴 붉히는 것보다 지혜롭지 않을까 하는 혼자의 고뇌를 스스로 해결한다.

평생을 같이 살 수 있으려면 어제의 일을 잊고 오늘을 항상 새로이 시작해야 한다. 내일이면 또 새로운 날이다. 어제의 일을 오늘 들추어내면 억양만 높아진다. 남편은 친구들과 대화에서, 들은 이야기에서 주위를 한 번쯤 살피며 생각해 볼 만도 한데 막무가내다. 상대가 불편하지 않을까. 피해를 주지 않을까. 전혀 반응이 없다. 이렇게 막무가내로 밀고 나가는 습관은 어디서 오는 아집일까. 친구에게 묻는다. "남편의 좋은 점은 무엇이니?" 좋은 점보다 나쁜 습관, 버릇들 피곤한 모습들을 나열한다. 완벽하지 않다. 변화를 기대하는 것은 욕심임을 알게 된다. 친구는 "큰 것에 비교해. 작은 일은 있는 대로 받아 들어. 다 챙기려면 병난다." 조언한다.

나잇값을 알게 된다. 큰일이 아니었다. 사소한 일이었다. 나이 드니 그것들은 아무것도 아니었다. 젊었을 때는 바꾸고 싶었고, 변화되는 것을 기대함이 그리 중요하지 않았다. 나잇값은 저절로 얻어지는 것이 아니었다. 시간의 흐름이 많은 시행착오와 고통을 거치며 상대방을 이해하게 만들고 포기라는 단어를 배우게 했다. 완전 포기는 아니지만 젊었을 때만큼 화가 치솟지는 않는다. 나잇값의 평정이다. 관심을 덜 가지면서 천성을 어떻게 고치느냐. 현실적인 상황을 맞추고 또 맞춘다. 맞추게 되면서 시선을 다른 곳으로 돌린다. 다만 맞출 뿐이다. 나이 드니 고쳐지지 않는 의견충돌에 시간을 허비하지 않겠다는 마음가짐이다. 제품의 품질을 모를 때 "돈을 더 줘. 물건 값을 해." 말한다. 원가 금액이 높으면 품질 좋음을 알게 된다. 나잇값도 그리하면 좋겠다. 숫자가 높은 만큼 고급스러우면 노후는 편안하지 않을까? 고쳐지지 아니하고, 변화되지 않을 일이면 그대로 맞추어 나가는 센스로 산다. 형평성이다. 이것 아니면 저것으로 절충하는 지혜이다.

어떤 일이든 정성이 들어간다. 운동이나 일상의 일들은 시간을 투자하지 않고는 결과를 만들 수 없다. 특히 숙련공이나 전문가는 많은 시간과 에너지를 투자한다. 구력이 얼마냐, 입과 한지 얼마 되느냐 묻는 이유가 된다. 꾸준히 맡은 분야에 정성을 들인다. 독서도 빠른 시간 동안 다독을 하는 것도 좋지만 오랜 시간 동안 꾸준히 하다 보면 지식이 또 다른 지식과 연계로 폭이 넓어짐을 알게 된다. 그러나 나이는 두 가지 면을 같이 갖고 있다. 나잇값과 체력 저하다. 나이가 들수록 이해도가 높을 수도 있다. 반대급부다. 왜냐하면 굳이 안 되는 부분을 고집 부려 고치려고 하는 것보다 같이 어울려 사는 게 편할 수 있기 때문이다. 두 번째 체력 저하는 하고 싶지만, 에너지 부족으로 빨리 피곤이 오면 오랜 시간을 지속하기 힘드니 포기하게 되는 것이다. 포기보다 적정선을 찾는 것이다. 열심히 해도 안 되는 일은 다른 방향으로 전환이 필요함을 알기 때문이다.

지금 나이 60세를 100세에 비교하면 꽤 긴 시간이다. 지금부터는 다른 세대의 시기다. 젊음의 혈기로 살 것이 아니라 바쁨이 없는 여유로움으로 대체한다. 넉넉함이다. 즐김을 알게 된다. 편안함이 무엇인지 지난 시간으로 알게 하였다. 나잇값을 잘 받아야 한다. 내 몫이다. 이제는 더 후회하지 않는 대체 능력을 지킬 수 있다. 좋은 품질은 소비자들이 가지고 싶어 하는 제품이다. 높은 나잇값을 만들어 온 수고에 감사한다. 실천한다. 하루하루의 시간에 높은 가격을 받기 위한, 품질 개선에 노력을 기울이는 기술자가 되고 싶어 한다. 남편의 고집에 손을 들고 나니 가정이 편안하다. 고쳐지지 않을 때는 마음으로 '하고 싶은 대로 해' 한다. 잘 났어. 말 좀 잘 들어주면 맛있는 반찬 하나라도 더 만들 텐데. '어리석은 군중이여.' 위로는 허공에서 받는다. 나이는 많은 것을 수긍하게 한다. 나이 먹음을 스스로 수용이며 억울하게 여기지 않는다. 나잇값은 그냥 무보수로 만들어진 것은 아니다. 수고에 노력을 더하여 만들어진 금은보화보다 값지고 고급스럽다. 숙련과 노련에, 경험에 사랑까지 어울려 가는 나눔에 나잇값을 넣는다. 나잇값을 나눔과 배려에 투자해 본다.

2

내가 산을 찾는 이유

산은 나의 스승이다. 그 속에서 나는 평화와 자유를 만끽한다. _라인홀드 메스너

"산"이라 하면 가슴이 두근거린다. 소풍 가기 전날의 기분이다. 편안하지 않은 산길. 오르막의 힘든 코스 지나면 능선길의 편안함으로 올라온 시간의 보상을 받기도 하지만 '산은 올 때마다 왜 이리 힘들어.'하면서도 산 가는 것을 포기하지 않는다. 좋아하는 사람을 만나는 들뜸처럼 내일 산 간다면 배낭 챙기고 간식 챙기면 산행용품 챙긴다. 다음 날 아침 바로 출발할 수 있는 준비를 한다.

같은 음식을 매번 먹으면 싫증이 난다. 매번 다른 반찬으로 식단을 짠다. 자주 가는 식당은 어지간한 맛집 아니면 걸려서 간다. 여행지도 두 번 이상 가기를 싫어한다. 산은 다르다. 운동하는 사람들은 매일 그 산을 오른다. 하지만 싫음이 없다. 산을 가는 사람들도 싫으면 가지 못한다. 매번 다른 느낌이다. 모네의 그림 〈건초더미〉는 빛을 이용하여 그림을 그렸다. 이처럼 빛

의 같음이 없다. 빛을 받는 위치와 시간에 따라 무한한 긍정의 표현은 산중에서 일어나는 이야기를 대신하고 있는 듯함이다. 시간별 다르게 비치는 풍광에 반함이 그 속에 포함되어 있다. 아침과 오후는 다른 느낌이다. 산을 오를 때와 하산할 때의 풍광이 달라 도취에 빠지는 것이다. 오르지 아니해도 되는 일이지만 산을 찾는 이유는 좋아하기 때문이다. 조금이라도 싫은 일이면 투덜거리겠지만 산을 좋아하는 무한 긍정은 행동으로 이어진다.

열심히 책을 읽는다. 노는 일보다 우선이다. TV 보는 시간을 아낀다. 자투리 시간을 활용한다. 오직 책 읽는 일에 집중한다. 왜 읽지? 의문을 남기지 않는다. 즐거워하니 마냥 읽는다. 결과를 보지 않는다. 읽는 일에만 집중한다. 읽다 보면 분명 사고의 능력이 확장되어 있을 것이다. 산을 찾는 이유도 같음이다. 오르막의 힘듦을 정상에서는 잊는다. 힘듦을 그대로 가지고 있으면 다시 산을 찾지 않는다. 정상에서는 오히려 뿌듯함이다. 일상에서 스트레스를 받는 일 있으면 산으로 간다. 힘듦과 맑은 공기는 화난 일을 생각나지 않게 한다. 화나는 일보다 오르막이 더 힘 드는데 중요하지도 않은 일에 화를 내었구나. 별것 아니었어. 뭘 대단한 것이라고. 어리석음이 힘든 산행에서 벗어나게 한다.

눈앞만 보는 시선이 아니라 전체를 보는 시선을 키운다. 작은 일에 전전긍긍함보다 여러 일을 두루 여유롭게 보는 너그러움이 생긴다. 같이 움직이는 상부상조의 배려를 배운다. 암릉에서 꼼짝 못 하는 난코스에 들면, 힘 있는 남성 산꾼의 도움을 받는 협동 정신을 배운다. 무사히 통과 한다. 사고는 불시에 일어난다. 안전상의 문제들을 같이 해결한다. 산에서는 동반자가 된다. 다른 의견이 없다. 무사히 산행을 마치고 귀가하는 안전이 최우선이다. 혼자 하는 운동처럼 보이지만 결속이 있다. 혼자 산을 다니는 산꾼도 있다. 항상 둘, 셋은 동행하기를 권한다.

치유를 받았다. 2000년 암을 선고받았다. 20여 년 전의 암은 고칠 수 없는 병으로 알고 포기해야 했지만, 치유할 수 있었다. 종기 하나쯤 마음먹기와 산에서 보내는 시간 많이 가졌다. 무작정 산만이 나를 살릴 것이라는 믿음이었다. 그 생각이 나를 살렸다. 시간이 지나고 건강을 찾은 후에 산의 중요성을 알게 되고 아픈 친구들에게 열심히 권하게 되었다. 더 이상 좋은 환경을 찾지 못했다. 효과는 최대이다. 산보다 더 좋은 곳이 있으면 말할 필요 없다. 아직은 더 좋은 치유 장소를 찾지 못했다. 아이들에게, 청년들에게도 좋은 장소이다. 게임보다 산으로. 게임에 빠지기 전, 부모들이 할 일이다. 게임에 빠진 후에는 따라나서려 하지 않는다. 산을 좋아하는 동우회는 산이라면 사족을 못 쓰는 꾼들이 집합소이다. 산이 유일한 놀이문화가 된 사람이 많다. 나도 그 중의 한 사람이다. 산이라면 사족을 못 쓰는 분류에 속한다. 친구들과 산행을 추진하면 둘레길로 정한다. 무릎관절을 호소한다. 호흡곤란을 호소한다. 말하고 싶다. 많이 오를 수 없으면 내 몸에 맞는 곳까지 걷는다. 꼭 정상에 가야만 하는 것은 아니다. 숲이 있다. 그것만으로도 만족이다. 정상에 따른 묘미에 빠지게 되면 숲속 변화의 매력에도 빠지게 된다.

산은 같은 길이라곤 하나도 없다. 다른 길이다. 평균 4, 6시간 걷는 동안 같은 길을 찾아볼 수 없다. 도심의 길은 아스팔트 아니면 시멘트 길로 딱딱함 있지만 산길은 흙, 돌로 발바닥 지압과 몸체의 움직임을 통해 산길 걷는 동안 운동이 된다. 지인은 다리가 아프다. 산길을 걸으면 아프지 않은데, 도심 시멘트 길 걸으면 허리가 아프다 호소한다. 바닥의 딱딱함으로 무리가 오는 것일까. 이제는 다니다 보니 이로운 점을 헤아리는 것이 아니라, 무조건 간다. 좋은 이유를 체험하고 경험했기 때문이다.

우리 국토의 70%가 산이다. 산이 많은 나라에서 산을 활용하게 한다. 탱고의 나라에서 그 나라의 문화를 이용하는 사람이 많다. 명상과 접목되는 문화를 가진 인도인은 명상으로 접목하여 일상화한다. 우리는 국토의 산으로 둘러싸여 있다. 산에서 건강을 지키고 산에서 생산되는 임산물로 우리들의 입맛을 지킬 수 있다. 청소년들에게 산과 접목되는 강인한 정신력을 키움도 좋은 문화국의 성장이 된다. 이용하는 가치는 사람들에 의해 생산된다. 건강과 나눔이 곧 행복이다. 작가란 어떤 존재인가? 묻는다. 이은대 작가는 "작가가 아닌 사람과 다른 존재다." 말한다. 그러면 산은 무엇인가 묻는다. 산도 그처럼 다른 존재이다. 한편으로는 '다반사처럼 내 곁에 늘 있는 일상의 밥상 같은 의미'이다. 산행의 좋은 점은 이미 매스컴이나 사람들의 입으로 전하여져 입증되었다. 산행을 일상으로 하는 사람에게는 두말할 나위 없지만, 산이라고는 담을 쌓고 사는 이웃이라면 버킷리스트에 한 문구 넣어 실천해 보면 산행의 시발점을 찾게 된다. 산을 싫어하는 사람도 가을 산, 지리산 피아골 단풍산행 한 번쯤 해 보면 생각이 달라질 것이다.

3

노후대책은 지금부터

노후대책은 지금부터 시작해야 한다.

지금 시작하지 않으면, 나중에 후회할 것이다. _워렌 버핏

부모님 세대는 늘 돈 걱정이었다. 가난하였다. 나라도 가난했다. 사회 전
반적으로 가난하였다. 부모님의 노후는 보장되지 않았다. 자식들을 위해서
만 살았다 하여도 지나치지 않는다. 친정아버지는 위암 판명을 받고도 병
원 가는 일은 생각지도 못하고 막내딸이 사 주는 약효 강한 진통제뿐이었
다. 여행은 생각지도 못했다. 쇠고기는 어쩌다 동네에서 소 한 마리 잡으면
맛을 볼까. 가난은 삶의 희망이 보이지 않았다.

가난이 싫어서 열심히 일했다. 열심히 일하면 노후가 보장되리라 믿었
다. 보석, 명품 등에 관심을 두지 않고 자식들 교육에, 그다음은 노후대책
이었다. 삶은 호락호락하지 않다. 살아 보지 않으면 막연한 생각뿐임을 60
후반에 알게 되었다. 젊어서 일할 때는 여행은 당연히 돈 걱정 없이, 갈 수

있을 것으로 생각했다. 막상 이 나이에 여행을 가려니, 경제적 문제 따른다. 건강도 중요하겠지만 여윳돈 없으면 떠날 수 없다. 유럽 여행 10박쯤은 대충 잡아 절약하여도 4, 5백만 원 능가한다. 예사롭게 생각한 노후대책은 경제적 여유가 필요하다. 젊어서 노후 경제 대책을 세우지 않으면 후회하는 일이 생긴다. 분명 돈의 중요성을 미리 조사하여 노후에는 나에게 선물할 수 있는 여윳돈 가지고 있어야 함을 이제 실감하게 된다.

55세까지만 일하고는 일하지 않을 거야. 여행 다닐 것이라 말했다. 막상 65세까지 일을 했건만 그 나이 되니 여윳돈이 없다. 노후대책 계산이 틀렸을 뿐 아니라, 정년퇴임 후의 할 일에 대해서도 고민하지 않은 부분이 대두되었다. 전문성을 가진 업종은 다르다. 정년퇴임이 없는 업종이니 일을 그만두는 날이 퇴직이 되는 것이다. 제2의 삶에 필요한 일거리를 만들지 않았음이다. 정년퇴임을 하였더라면 다음 일은 조금은 여유로운 일을 찾아두어야 했다. 일에 아예 손을 놓으려고 한 것이 잘못 생각한 것이었다. 노후대책은 정년퇴임 후 일이 있는 것이다. 힘든 일보다 여유와 일을 같이 하되 수입이 발생하는 일이면 노후대책을 잘한 것이 된다. 30, 40대에 일 하면서 취미로 해 둔 일들이 정년의 나이 넘어서며 내 수입과 연결될 수 있다. 수입과 취미는 노년에 큰 일상의 몫이 되면서 하고 싶은 여행이나, 나름 좋아하는 일을 즐길 수 있게 한다. 노후대책에 경제적인 문제만이 아니라 할 수 있는 일도 고민해 놓아야 하는 부분이다.

또 100세 시대에는 건강이다. 건강이라면 신체 구조 전반에 불편한 부분이 없어야 한다. 미루지 않아야 하는 질병이나 신체적 돌봄이다. 예를 들어 치아에 이상이 온다. 미루게 된다. 시간이 없다. 치과라면 죽어도 가기 싫다. 여러 이유로 미루게 되면 치아를 치료하기 곤란할 결과를 초래한다. 지금 남편은 건강관리 하지 않음으로 고생하고 있다. 급작스레 병에 이상이 오는 현상은 어쩔 수 없는 원인이지만, 신체 관리는 노후의 행복과 편안의 중요한 조건이 된다.

60 넘어 일하니 체력 저하로 힘듦을 호소한다. '일 있으면 좋지.' 하면서도 일터에서 일을 하게 되면 한탄하게 된다. '내가 이 나이에 이 일을 해야 하냐.' 은근히 속상함을 얘기한다. 우리 부모님 세대에서는 환갑잔치를 크게 했다. 회갑 잔치를 해 드리는 것이 평균수명과 비슷하니 부모님에게 회갑 잔치를 꼭 챙기곤 했다. 요즘은 다르다. 100세 시대라 하니 나이에 그리 연연하지 않는 문화가 되었다. 그러니까 나이 듦이 옛날과 달리 존경보다도 예우 정도이다. 활동할 수 있는 시간이 길어지니 노년에 맞는 일을 찾아 두었어야 하는 아쉬움을 갖는다. 식당에서 연세 드신 분이 음식을 나르고 있으면 좋은 모습으로 보지 않는다. 나이 든 우리가 먼저 느끼는 감정이다. 힘이 덜 드는 일했으면 한다. 친구들 사이에서 노년에도 일하는 것이 어떠냐는 의견을 낸다. 찬반 의견이 반반이다. 노년의 일을 준비하였다면 더 이상 바랄 것이 없는 노후 계획이 만점인 셈이다.

이제 일은 그만하고 노후를 즐기는 쪽으로 방향을 잡는다면 그에 맞는 프로그램을 찾으면 된다. 주민센터 등 이용으로 배우는 시간을 갖는 일도 추천하게 된다. 요즈음은 배울 과목이 많다. 하고 싶은 취미 과목을 만들어 본다. 노후를 책임질 전문성을 길러 본다. 로봇이 음식을 나르고 커피를 나르는 시대에 살지만 사람 할 일은 있다. 젊을 때 하고 싶은 일, 노후에 할 수 있는 찾아 활용할 수 있음이다.

경제적 자립, 건강, 할 일을 미리 준비하고 있어야 했다. 열심히 하면 되겠지 막연한 계획이 아니라 철두철미하게 노후의 문제를 파악했어야만 했다. 살아 보고 알았다. 미리 계획한 사람의 노후는 하고 싶은 공부와 하고 싶은 일로 자기 계발로 이어지게 된다. 왜냐면 첫째로 시간이 많다. 정년퇴임 후 시간 많으니 시간 없어 못 간 여행, 시간이 없어 배우지 못한 것을 배울 기회를 얻게 된다. 늘 읽고 싶은 책을 읽을 수 있다. 단, 경제적 노후의 계획으로 연금 관련 부분에 신경 쓰지 않았다. 연금이 매월 수입원임을, 매달 나오는 수익 만들어 두어야 함을 알지 못했다. 젊어서 열심히 일하는 것으로 충분할 것으로 생각했다. 전혀 아니다. 살아 보니 생각과 다른 일 생긴다. 아이들 시집, 장가보내고 나면 무슨 돈이 필요해. 아니다. 돈 쓰임 규모가 더 커진다. 식구 늘어날수록 돈 쓰임은 더 많아진다. 친구들과 밥 먹을 일 더 많아진다. 병문안 가야 할 일 많아진다. 쓰임이 늘어나는 것이다. 노후에 일어날 일을 잘못 생각했으면 돈 쓸 일이 없을 것이라 착각한 것이다. 노후대책은 수입을 연결하는 고리를 만들어 두는 일이다.

　매스컴에서 유명 인사들의 강연에서 노후대책을 들었건만 처한 환경이 되지 않으니 예사롭게 듣고 넘겼다. 여행할 돈이 부족함을 알고는 노후 자금 관리에 비상이 걸렸다. 후회로 60을 넘기고 있음이다. 조금이라도 더 젊은 사람들에게 꼭 전하여 주고 싶은 이야기이다. 나중에 되겠지 예사롭게 시간을 보내지 말라 전하고 싶다. 잠시이다. 노후는 정말로 행복하고 잘 살아야 한다. 젊음은 가만히 있어도 예쁘다. 돈이 좀 없어도 이해한다. 젊음이 대신 답하여 준다. 나이 듦이 서러운데 노후대책까지 없으면 서글픔이 행복을 방해하게 된다. 경제적 자립과 건강, 할 일은 우리 삶의 기본이다. 늘 챙기고, 계획하고 신경 써야 하는 삶의 방편이 된다. 노후는 순전히 우리의 몫이기 때문이다. 노후대책은 건강과 경제이다. 건강 50%, 경제력 30%, 할 일 20%가 노년인 나의 삶의 기본임을 늦게 알았다. 100세 시대라니 노년을 위한 대책이 더 필요하다.

해결되지 않는 고민들

고민은 인간의 삶을 더욱 풍요롭게 만든다.

고민 없이는 성장도 없다. _아리스토텔레스

시간. 세월. 흐름은 누구에게 동등하다. 활용도에 따라 잘 사용되기도 하지만, 의미 없이 흘려 가게 된다. 실제 그 상황에서는 여전히 있는 공기처럼 감각이 둔하다. 귀하지만 풍족하니 당연한 것으로 받아들인다. 오늘 아니면 내일 하지. "내일 할 거야."라는 희망 고문을 하게 된다. 지금부터 시작 하자를 내일로 미루는 게 당연히 습관이 되었다. 늘 내일로 미루는 습관은 삶의 귀중한 시간을 다 놓치게 했다. 시간 빚을 안게 된 것이다.

젊음을 경험했다. 늘 있는 나무처럼 계속 자라기만 하면 되는 줄 안다. 나중은 큰 나무가 되어 그늘을 줄 것이며 꽃과 열매로 사람들에게 환영받을 것이다. 좋은 영향력으로 먼저 가정이 편할 것이며 가족과 친구들 지인들 사회구성원에게 뭔가 유익을 주는 삶의 위치에 있을 것이다. 내일의 시간에 장담하는 것이다. 지금은 못 해도 나중에 잘할 것이다. "다음에 할게. 조금만 참아 줘." 변명이 아니라 그렇게 될 것이라는 희망이었다. 희망과 실천은 다른 뜻이다. 분명하지만 스스로는 믿고 있었다. 목적을 챙기지 아니하고 계획에 휩쓸려 가는 흐름에 몸을 의탁하였다.

한집에 살고 있는 사람(남편)은 몸을 챙기지 않는다. 나이 들면서 건강이 좋지 않다. 산악회 가면 80살 어른 몇 분은 우리보다 더 빠른 걸음으로 정상을 완주한다. 대단한 체력에 참으로 몸을 잘 관리했구나. 존경하게 된다. 젊었을 때처럼 늘 건강할 것이라 자만한다. 40, 50대에 왜 운동하는가. 노년의 건강을 위해서 젊었을 때 지키는 체력 단련함이다. 노후가 건강하지 않다면 불편함이 많다. 나라에서 주는 복지혜택으로 경로우대를 받지만, 스스로 경로가 되지 않을 정도로 체력과 정신의 강건함이 필요하다. 60에 건강을 지키면 여든이 편하다는 진리처럼. 후회하고 있을 것이 아니다. 지금 나이에 맞는 수단 방법을 잘 활용해야 한다. 남편의 건강은 40, 50대의 운동 부족으로 이미 체력 저하증이다. 조금 걸어도 다리 아파요. 어딘가 아프단다. 소화가 되지 않네요. 밥맛이 없다는 핑계로 음식 거부증세까지 생겨 식탁에서부터 논쟁이 된다. 외출하자면 귀찮아 여긴다. 하고 싶은 일이 무엇인가 묻는다. 마라톤, 수영, 그림, 악기, 산행, 사진 등 무엇이든 할 의사를 보이지 않는다. 성향으로 보지만, 노년의 활력은 스스로 찾아야 함을 모르고 있음에 안타까움이다.

해결 방법은 무엇일까? 본인 의사가 아니면 아무 일도 할 수 없다. 스스로 좋아하는 일 아니면 덤벼들지 않는다. 좋아하는 일을 찾아 주는 일이다. 찾아 주기 전에 스스로 찾는다. 나이는, 시간은 우리를 기다려 주지 않는다. 다른 생각을 가지고 산다. 완전 반대의 사고이다. 가만히 있을 시간이 없다. 할 일은 많은데 왜 찾지 않으려고 하지. 경제활동을 해야 하는 60과, 인생의 후반기에 나를 위한 시간을 쓸 수 있는 사람과 차이는 있다. 만약 경제활동을 해야 하는 상황이면 경제활동을 하면서 나의 시간을 할애해야 한다. 일에만 전부를 거는 시기는 아니다. 일하면서 나에게도 시간을 주는 여유 부림이다. 화윤 선생님은 "하루 24시간을 22시간으로 보고 2시간을 오직 나에게 집중하는 시간을 만들어라." 어려운 제시이다. 실천하기 어려운 던짐이다. 세월이 선생님 칠순의 세월을 살고 보니 그 이야기는 인생의 큰 선물이 되었다. 명상과 요가와 차(茶)로 선생님은 우리에게 그늘을 만들어 주었다. 삶을 대하는 자세를 행동으로 정신으로 본보여 주었다.

젊음을 돌아본다. 항상 젊음에 자신감을 가졌다. 혹 나이 들어도 당당히 굴면 된다고 스스로 체면을 걸었다. 그렇게 당당함이 어떤 일을 대할 때 나이 핑계가 아닌 현실임을 인정하게 된다. 가치 있는 삶으로 이웃에게 유익을 주고 싶다면 젊었을 때부터 준비하여야 함을 알고 있다고 자만하였다. 후회는 나중에 왔다. 해결되지 않는 고민을 잡고 있다. 되돌릴 수 없는 과거 시간 집착은 아무런 도움 되지 않는다. 지금이다. 현재에 살아가고 있다. 지금을 챙기는 일이 우리에게는 급선무다. 방법을 제시한다. 60 나이는 24시간을 활용함이다. 수다 떠는 시간을 줄인다. 자투리 시간을 활용한다. "난 못해." 하는 부정적인 반응을 줄인다. 할 수 있어. 답한다. 느리면 두 배, 세 배의 시간을 들이면 된다. 야구 선수가 던지는 볼이 한 번으로 강슛이 되겠는가. 김연아 선수가 단번에 멋진 피겨 선수가 되겠는가. '나이만큼 시간을 고무줄로 늘인다.' 고무줄은 그대로 두면 그대로 있지만 당기면 사용할 용도가 늘어난다. 바지 고무줄은 많이 먹어도 편하다. 탄력성을 가지고 있다. 시간을 탄력성 있게 사용하는 감각은 나이 든 우리에게 주어진 여유로움이다.

시간을 고무줄처럼 사용하려면 느릿느릿 걷지 않는다. 가속을 붙인다. 시장 볼 때도 메모장을 들고 보면 버려지는 시간을 챙길 수 있다. 『일본전산 이야기』에서 입사 시험에서 밥을 빨리 먹는 사람을 우선으로 1차 합격시키는 이유를 안다. 형편대로 식사하게 되지만, 일터에서 시간이 금이다. 사원의 마음가짐을 기업대표는 우선으로 여긴다. 실력보다 시간을 대하는 태도에 일을 대하는 자세에 중요성을 둔 것이다. 시간은 어디에서나 적용된다. 목욕탕에서도 시간을 계산 없이 보내지 않는다. 피곤할 때는 피로 풀기 위해 긴 시간을 활용하지만, 2시간을 목욕보다 1시간으로 줄이면 1시간을 다른 일에 활용하게 된다. 시간을 벌게 된다. 작은 일에서부터 시간은 활용하기에 따라 2시간 정도 그냥 벌게 된다. 나이 들었다 우울하지 말자. 시간을 고무줄처럼 좀 길게 당기자. 불가항력을 거부하지 못한다. 더디 가게 하지 못하지만, 낭비는 하지 말자. 시속 60km로 가고 있지만, 마음속도 줄이자. 건강을 지키면 하지 못할 일 없음이다. 그렇게 생각한다.

행복하려면 마음 처방전부터

행복은 우리 스스로가 만들어 가는 것이다.

행복 처방전은 우리 스스로가 쓸 수 있다. _데일 카네기

행복하려면 건강이 우선이다. 건강하지 않으면 육체의 고통에, 일상의 리듬이 깨어짐과 통증으로 고생하게 된다. 아무런 대책 없이 12월(인생과 비교한다면)을 살아 보지 못하게 된다. 6월에 산을 가면 초록 잔치다. 10월의 매력과 12월의 매력이 다르게 다가온다. 마지막 달에서 느끼는 인생의 맛을 음미해 보지 못함이다. 12월 끝자락의 아쉬움과 초록의 계절에 느끼는 성장의 왕성함은 각기 다른 마음으로 다가온다. 2, 30대도 나름으로 고민 갖고 있다. 흥분을 인지하기보다 초보 딱지를 떼느라 배움에 전력한다. 성장의 과정을 거치며, 경제활동의 취업 등 실력 쌓는 일에 집중해야 한다. 젊음의 아름다움. 역동성. 호기심으로 실무경험 부족하지만 나름 젊음을 즐기게 된다. 계절별 다른 특징으로 삶을 이어 가게 된다.

60은 다르다. 자기 자신을 만들어 갈 수 있는 역량이 있다. 부실 공사이든 튼튼한 건물이든 책임자는 이미 그 시기에 와 있다. 그 안에서 나를 지키고 나를 안고 간다. 높은 산 등반을 가게 되면 산장에서 숙식을 해결한다. 형편대로 지낸다. 불편하기 짝이 없다. 일본 북알프스 산장에서는 물이 부족하다. 양치질 정도의 물만 제공되었다. 불평하지 않는다. 처한 환경에 따라 순응하는 자세이다. 인생 60 후반에 와서 징징거리면 어떻게 할 것인가? 사는 법을 이제 배우기는 늦은 시기이기에 지금의 상황을 그대로 잘 애용한다. 행복의 처방전을 약사에게 묻지 않는다. 스스로 처방전을 만든다. 믿을 수 있는 처방전이 된다. 자신이 처한 부분과 건강과 경제와 가족 관계 등 위치를 파악하게 된다. 이쯤 되면 소독약 냄새나는 병원으로 들어가지 않는다. 나만의 시스템을 만들어 움직인다.

난 지금까지 뭐 했지? 우울해하지 않는다. 형편대로 주위 환경을 내 것으로 이용한다. 요즈음 대문 밖으로 나가면 공원과 둘레길이다. 동네마다 주민학습센터 시스템이 잘 만들어져 있다. 활용한다. 문제는 마음가짐이다. 인터넷 활용 강의실에서 70세가 넘은 노익장께서 계속 이해되지 않는지 질문을 한다. 강사는 나이 많은 학생의 질문을 성의껏 답해 준다. 하려고 하는 마음가짐이 존경스럽다. 이제는 주위 환경보다 나에게 집중하는 시기이다. 100에서 60은 중간지점이라 여긴다.

잘하는 일보다 좋아하는 일 한다. 산을 좋아한다. 과하게 표현하면 산이 나를 살리는 기분이다. 갈 때마다 변하는 나무 모습을 볼 수 있다. 이제 봄인가 연두 새싹이 초록으로 변한다. 어느새 짙은 초록으로 그늘을 만들어 주고 있다. 노목은 태풍을 맞아 쓰러져 벌레들 안식처가 되었다. 작은 벌레들이 바삐 움직이고 있다. 그 나무는 죽지 않았다. 다른 생물의 안식처를 만들어 주었다. 사람도 자연의 모습처럼 살고 있는 것이 아닐까? 지금의 상황에 나와 함께 걷는다. 누군가 불평은 계속하고 있으면 주위 사람들을 피곤하게 하는구나, 싶다. 나잇값에 불평은 금물이다. 아무도 되돌려 주지 않는다. 오직 자신만의 거느림, 자신의 책임이다. 세상은 냉혹하다. 누구나 "그래요. 그렇군요."로 답하지만 도와주지는 못한다. 스스로 의무를 지면 권리가 된다.

길에서 지나가는 어르신을 보고는 "저 모습은 내 모습이 아니야." 부정한다. 걸음에서 직립은 없어졌다. 머리카락은 하얗게 되었다. 가래침을 길거리에 그대로 뱉는다. 주위의 시선을 무시하는 노인을 보면 눈살을 찌푸리게 된다. 젊은이들도 뱉지만, 노인은 더 뱉지 않아야 한다. 휴지로 싸는 일 없이 길에 그대로 뱉는 노인을 보고 김이나 작가는 『보통의 언어들』에서 수줍음을 아는 노인을 이야기하였다. 스스로 자기관리에 책임지는 모습을 우리는 원하고 있다. 그렇게 하여야 한다. 세월의 흔적은 어쩔 수 없는 현실이지만 스스로 지키는 일은 곧 나의 인격이 된다. 노년이 아름다움은 자신에게 있음을 알게 된다. 지금이 내 시간의 황금기다. 잘 지어진 집만 부러워할 것이 아니라 초가이든 양옥이든, 아파트이든 처해 있는 공간을 긍정하자. 음식은 다 만들어졌을 때 맛을 낸다. 인생의 단맛, 쓴맛을 젊었을 때는 몰랐다. 음미하려니 어느덧 할머니, 할아버지가 되어 있다. 우리가 할 일은 노인의 위상을 세우는 일이다. 의학 발달로 노화 방지 혜택을 누리고 있지만, 사고방식의 진전이 필요하다. 머무름이 아니다. 성장보다 변화이다. 누구도 해 주지 않는 나만의 삶의 진정성에 더 나아감이다.

어느 가정이든 파장이 있다. 사소한 일들이 일어난다. 자식 간의 갈등, 경제 문제, 건강 문제 등 사소한 일들이 집안을 피곤하게 한다. 문제를 해결하려 기미가 보이지 않는다. 늘 긴장하게 된다. 이런 갈등은 어느 가정에서든지 일어난다. 다만 그 갈등을 어떻게 풀 것인가. 가족 간의 소통이다. 소통은 쉽지 않다. 자기의 이익을 먼저 말하면 양보하지 않는다. 이럴 때 행복의 첫걸음은 비움이다. 욕심을 버리는 일이다. 주위에 친구들 이야기 들으면 재산 문제로 형제들 갈등 이야기를 듣는다. 유산을 서로 양보하려 하지 않는다. 이미 부모는 병들고 나이 들어 판단력에 허점을 보이기 시작하게 되면 집안의 의리와 가족의 사랑은 바닥이다. 조금은 비움, 조금은 양보로 형제들과 우애를 통해 어려운 문제를 풀 수 있는 도움을 받게 된다.

형제들과 재산 문제로 일어나는 갈등을 보게 된다. 유산이 적으면 적은

대로 많으면 많은 대로 갈등이 일어난다. 조금도 양보하려 들지 않는다. 친정 부모 돌아가신 후부터 친정 산소를 벌초한다. 조카가 예초기를 가져와서는 돕는다. 친정 식구들 점심 대접은 내 몫이다. 큰오빠가 살아계실 때는 왔지만 돌아가신 후는 막내딸 차지다. 불평하지 않는다. 작년부터 조카도 오지 못한다. 오지 못하는 이유는 다른 조카들도 많은데 왜 혼자 해야 하느냐는 불만이다. 친구들과 수다로 호흡 크게 한번하고는 웃고 넘어가야 하는 이야기다. 마음 처방전은 이럴 때 효과를 보게 된다. 비우니 마음 편해지면서 여유로워진다. 욕심을 가지면 꽉 찬 마음에 행복이 들어오지 못한다. 비우니 채울 것이 생긴다. 예쁜 것을 보아도 예쁘지 않다. 비우니 아름답게 보인다. 오늘 불평을 계속 갖고 있다면 다른 것이 들어올 여유가 없음이다. 행복이 슬그머니 사라진다. 행복은 내가 챙기는 것이다. 불평한다고 해결되면 무조건 해야 하지만 해결되지 않는다. 마음을 비움으로 욕심을 버림으로 해결되면서 마음이 편하여진다. 행복이 따라 들어온다. 행복은 마음에 달려있다. 부정과 불평은 절대 행복하지 않다. 좀 마음에 들지 않아도 '그까짓 것' 낙천적 되어 본다. 행복하지 않을 수 없다. 마음을 비우니 활동이 자유롭다. 욕심 부리는 사람처럼 눈치 보지 않아도 된다. 행복은 단순하다. 행복을 멀리하는 이유는 욕심이 행복 들어오는 길을 막기 때문이다. 노년에는 더 행복의 순리를 잘 파악하고 내가 무엇을 해야 하는지, 버려야 하는지를 판단하게 된다. 노년의 행복은 나의 처방에 달려있다. 노년에서 생각하고 정리하여야 할 부분들에 우울해지지 않게 한다. 마음은 두 갈래다. 불평과 긍정. 내침과 받아들임. 마음은 처방전에서 치유를 받았다. 버릴 것은 버리고 가진 것은 소중히 여긴다. 안전한 운전은 과속하지 않으면 교통 규칙 지킴이다. 노후에는 버릴 것 버리고, 지킬 것 지키는 안전 운행 습관처럼 나를 위한 운전이 필요한 시기이다. 행복은 행복을 아는 사람만이 가지는 특혜이다. 행복은 내 마음에서 오는 흥분이다.

(6)

나이 먹는 좋은 점

나이는 우리를 더 감사하게 만들고 더 겸손하게 만든다. _헬렌 켈러

먼저 시간이 여유롭다. 예순하고 일곱이니 후반 넘는 나이를 살아오면서 얼마나 바빴는가. 처녀 시절은 그나마 시간이 여유로웠다. 직장 있지만, 주말이 있고 휴가가 있으면 근무 외 시간에는 하고 싶은 일을 할 수 있는 시간이 있었다. 결혼하고부터 일의 범위는 확연히 달라졌다. 시부모님과 같이 사는 집안 살림으로 늘 종종거린다. 아침, 점심, 저녁 식사에, 간식까지 먹거리 준비시간만 해도 바쁘다. 집안 대소사에 어른들 편찮으시면 병원까지 동반해야 하니, 시간적 여유는 나에게 호사스러운 일이다. 아이들 육아까지 겹치면 스스로 시간은 완전 가족에게 반납하는 것이다. 남편 뒷바라지 소홀하면 시어머니 불호령이 떨어지니 시어머니 눈치를 봐야 한다. 조심해야 한다. 시어머니에게 아들이 최고다. 시어머니는 "남편에게만 잘해라." 귀에 딱지가 앉도록 나에게 각인시킨다. 나도 귀한 딸인데. 일어나는 갈등은 '참고 살자.'에 무조건 맞춘다. 언제가 되던 시집살이는 끝이 나겠

지. 위로 되는 생각이 도피처이다. 참자는 인내의 마음가짐이 지금의 나이에 와 있다.

결혼 후 40여 년 시간이 흐르니 시어른들은 떠났고, 아들 둘은 장가갔다. 가족을 보내고 나니 이제 시간 많아졌다. 여유로워졌다. 이 시간을 얻기 위해 그렇게 힘들게 인내하고 가정에 충실한 지금에 와 있다. 옛날 시어머니 나이에 와 있다. 불편한 점이 좋은 점보다 더 많다. 시력이 떨어진다. 기억력은 쇠퇴하여 한우 먹는 여고 모임 날짜를 잘못 기억하여 맛있는 한우 먹지 못했다. 억울함이여. "어제 뭐 했죠." 물으면 어제 뭐 했지 잠시 생각하게도 한다. 불편한 점을 부정하고 있을 시간이 없다. 나이 먹은 좋은 점으로 시간을 할애해야 한다.

100세 시대라 말한다. 67세면 30여 년은 나의 시간이다. 얼마나 복이 많은가. 가정 살림과 경제활동하고 나니 30여 년 시간이 나에게 선물이다. 어떻게 쓸 것인가. 불평하고 있을 시간이 없다. 얼굴에 주름이 많아. 기력이 없어. 젊으면 마라톤하고 싶지만 할 수 없어. 많이 걸을 수도 없어 등등 부족하고 낙담할 일들이 많아도 너무 많다. 나열해 보니 불편한 일뿐이지만, 불평하고 있을 수는 없다. 누구도 그 사실을 도와주지 못한다. 스스로 해결해야 할 60의 좋지 않은 선물이지만 탓할 수 없다. 그 선물은 내 일로 빨리 받아들임이다. 나이의 선물은 내용과 현실은 다르다. 선물은 받았고 포장지는 내 손으로 뜯었다. 받은 그대로 잘 써야 한다. 선물도 선물 나름이지만 생각을 전환시키는 나만의 선물관리법을 잘 활용해야 한다. 시간은 많지만, 몸은 말을 듣지 않는 선물. 시간 많음이 고맙다. 이 나이에 여유 있는 시간까지 없었으면 어쩔 뻔했어.

정년 퇴임한 친구 부부는 40여 년의 직장생활을 마쳤다. 섭섭함이 먼저이다. 이 직장에서 젊음을 보내고 가정으로 돌아왔다. 지금까지는 가정경제를 책임졌다. 베이비붐 세대들에게 노동이 최고였다. 지금의 IT 시대와 다른 직업군이다. 맞벌이하는 부부도 있지만, 살림과 경제 대역으로 따로 잘 운영해 나가는 가정경제구조의 생활이었다. 친구 부부는 퇴임 후 지금 시간은 여행이다. 서로의 위안이다. 많은 시간에 '나'를 찾지 않고 가정 공동체를 위해 살아 온 흔적을 확인하는 시간이 된 셈이다. 여행이라는 휴식 시간이 끝나면 60 이후의 계획이 짜여질 것이다.

몰운대를 걷는다. 신랑은 힘들어한다. 운동하고 시간적 여유 부릴 지금에, 조금의 오르막에도 숨참을 호소한다. 나이 먹는 일의 소홀함이다. 나이 들어서는 어느 것과도 비교치 않을 건강이다. 건강하지 않으면 60은 고행의 시간이다. 미리 준비하여야 한다. 60 이후를 편하게 지내려면 40~50에서 관리해야 하며 80의 건강은 지금 예행연습과 건강관리이다. 건강한 60은 행복한 시간이 된다. 여유를 즐길 수 있다. 외모에 무관심으로 편함을 추구한다. 입고 다니는 의상도 편함을 우선으로 한다. 그렇다고 나잇값을 하지 않는 게 아니다. 즐김이다. 시간을 허비하지는 않는다. 다만 스트레스받지 않는 시간을 할애한다. 마음의 폭이 넓어진다. 화낼 일 줄어든다. 부정보다 긍정이 먼저다. 나눔이 먼저이다. 배우고 싶은 것이 더 많아진다. 그로 인해 시간 부족함을 느낀다. 시간 관리 앞뒤가 맞지 않지만, 문화센터의 출입 횟수가 많아짐이다. 놀기도 바쁘다. 약속 시간을 미리 잡지 않으면 얼굴을 볼 수 없다. 깜짝 만남은 잘 만들어지지 않는다. 언제 보자 약속을 미리 해야 한다. 먼저 한 약속이 우선이다. 친구야 다음에 보자. 미리미리 이야기해. 시간 맞추어 볼게. 다음 주일이나 다다음 주쯤 시간 나겠어. 나이 먹는 일은 다 좋을 수 없지만 좋은 방향에 초점을 맞춘다. 걱정 중에 내가 하지 않아도 되는 걱정과, 하여도 해결되지 않은 걱정들 있다. 이런 걱정을 하는 자체부터 에너지 낭비, 시간 낭비가 된다. 60이라는 나이에는 형편대로 '나답게' 사는 일이 화두다. 따라다니는 일은 이제 마무리를 하여야 한다. 나를 주인공으로 내세워야 한다. 60은 살아 온 시간의 답례와 앞으로 시간의 선물이다. 선물 같은 시간을 나에게 쓰는 일이다. 60에는 60만의 이야기가 있다. 이 나이를 사랑하자.

친구들과 2024년 피서지로 해운대로 간다. 친구들 어이없는 표정이다. "어떻게 우리 나이에" 걱정인가 보다. 수영복 입기는 좀 그렇지. 워터파크에서 입었던 물놀이 래쉬가드 입어. 백사장에 내리니 우리 세상이다. 파도타기에 즐겁다. 모래찜질 즐겁다. 통닭, 피자 배달 음식에 즐겁다. 이웃 피서객에게서 "우리 친구 임신했는데 맥주 꼭 먹고 싶답니다." 유머로 맥주 한 캔 얻는다. 무슨 말인지 알아듣지 못하고 반문한다. 설명하니 웃음보 터졌다. 얻어먹는 공짜 전략이 성공한 셈이다. 나이 먹은 언니들 농담으로 얻어 낸 시원한 맥주 맛은 어딜 비교하랴. 우리는 놀 시간이 많이 없으니 젊었을 때보다 더 열심히 노는 거다. 버킷리스트 10개씩 적어 봐. 공통적인 것 먼저 하고 나중에 하나하나 하자. 이 나이는 겁나는 것이 없어. 해 보지 않는 일을 모은다. 이벤트 하나하나의 행복을 더 추가한다. 모이면 삶의 즐거움이 된다.

앞서서 살랑살랑 걷는다. 청설모도 이쪽저쪽으로 쉴 새 없이 나무로 옮겨 다닌다. 숲길은 햇볕 들어올 틈새 없이 빡빡이 울창하니 모자 필요 없다. 전망대에서 바라보는 바다는 돗자리인 듯하다. 일상을 내가 좋아하는 일로 채운다. 잠깐 즐겁지 않아도 참으면 지나간다. 행복도 바람처럼 지나간다. 시련도 바람처럼 지나간다. 우리는 다만 조금 기다리면 된다. 몰운대의 경치 바라봄도 지금이다. 나이 파도타기에 나도 덩달아 춤추게 된다. 춤추면서 가자.

60,

제2의 삶을

시작하다

3장을 들어가며

노년은 새로운 기회이다. _마이클 크라이튼

결과가 좋지 않아 후회하고 있을 때 한 번 더 기회를 준다면 자세가 달라진다. 기회 없다면 희망을 포기하게 된다. 피폐해진다. 다시 기회를 얻게 되면 말할 수 없는 기쁨이 된다. 60이 그렇다. 어쩔 수 없이 받은 선물의 나이다. 정년퇴임이라는 사회적인 도장을 받았다. 이제 집에서 쉬셔요. "사회는 당신을 편하게 가정으로 모십니다." 아닌데 할 일이 많은데, 아직 경제적 활동을 더 해야 하는데, 육체의 힘도 아직 남았는데. 사회적 규범의 일원이 되게 된다. 처음에는 아니라고 '난 아니야.' 부정하지만 서서히 받아들인다.

60의 숫자는 중요하다. 평균연령을 본다면 80을 본다면 20여 년의 시간을 어떻게 잘 쓸 것인가 고민하게 된다. 무조건 돈을 버는 경제활동만이 정답은 아니다. 어떻게 잘 살 것인가 생각해 본다. 삶의 기력이 떨어질 때까지 나에게 필요한 에너지를 관리하는 일이다. 살아 온 경험이 주축이 된다. 나이의 식견으로 모든 삶의 상식을 활용하는 시기다. 사람들은 말한다. "60은 시속 60km로 달린다." 느린 속도가 아니다. 이때 시간을 조사하면서 하루를 보내는 지혜로움이 필요한 시기이다. 다시 시작하는 인생의 60에는 어떤 것이 필요한가? 걱정만 하고 앉아 있을 시간이 그리 넉넉하지 않다. 누구도 대신하여 주지 않는다. 받아들이면, 다음으로 그 속에서 나를 찾는 일을 만들어 가는 것이다.

먼저 건강이다. 시간을 건강관리에 할애한다. 나는 병원 가기를 싫어한다. 적당히 미룬다. 이 정도는 참을 수 있어. 게으름을 피운다. 나이 든 육체는 기계처럼 삐꺽거리는 소리가 나는 듯하다. '기계처럼 몸도 오래 사용하니 고장 나지 뭐.' 기계처럼 기름칠도 하면서 잘 관리하여 사용하여야 한다. 건강관리에 나이가 없겠지만 지금의 나이에는 병원과 적당히 친하면서 건강관리 우선순위가 되어야 한다.

다음은 시간 관리이다. 친구를 만나면 "하는 일 없이 하루가 후딱이야. 도둑맞은 것 같아." 화제가 된다. 빡빡하게 움직이지 않으면 물 흐르듯 시간은 과거가 되어 내가 사용할 수 있는 시간은 이미 아니다. 시간이 있다고 마냥 휩쓸리면 흐르는 물처럼 흘려버린다. 아침 8시쯤 아침 준비한다. 식사 마치면 10시쯤 된다. 조금 이것저것 정리하려면 12시 넘는다. 점심 준비한다. 마트라도 다녀오면 2시간은 그대로 지나간다. 저녁 준비에 간식까지 준비하면 하루는 쓸 것이 없다. 그래서 특히 주부들은 집안 살림에서 탈출하여 어디든지 떠나고 싶어 한다. 가족을 위하는 시간도 귀중하지만, 나를 위한 시간을 갖고 싶어 한다.

계획을 세우는 건 중요하다. 무엇으로 남은 20여 년을 잘 쓸 것인가. 하고 싶었는데 시간이 없어서 하지 못한 일, 이것이면 내가 잘할 수 있는데 하는 일을 조사해 본다. 육십을 미리 준비하고 계획한 김대혁 작가는 먼저 독서 생활 시작한다. 다들 읽기 어려워하는 인문 고전 읽기에 계획 세워 책 읽고 줌으로 독서 모임 지도 한다. "이 어려운 책을 혼자 읽지 못해요. 같이 읽어요." 처음 읽을 때 어렵지만 두 번째는 더 쉽고, 다음은 더 쉬워지는 고전 읽기를 권한다.

계획은 다시 시작하는 인생의 진미가 된다. 가만히 있으면 몸 편할지 모르지만, 존재감은 상실하게 된다. '다시'라는 말은 기회가 된다. 다 같이 주어진 60의 결과를 어떻게 만들 것인가는 스스로 정답이 있다. 그대로 편하게 방치하지 않는다면 다시 시작하는 나의 60이 된다. 여유와 즐김에 계획을 하나 더 첨가한다. 빨리 가는 시간을 조금이라도 더디게 가는 방법을 찾아내어 다시 시작하는 인생에 주인공이 된다. '나답게' 하는 말을 자주 하고 싶다.

화법을 배우기 시작한다. 스피치는 강의장이나 단체장이나 정치인 등 누군가 목적에 의해서 강단에 서서 하는 것이 스피치인 줄 알았다. 스피치는 대화 속에도 있음을 알았다. 이상적인 듣기와 말하기 비율은 7:3이라고 한다. 먼저 말하기나 끼어들기처럼 경청을 소홀히 한 부분들을 스피치 수업으로 알게 된다. 잘 말하는 법으로 습관화되면 대화는 재미있기도 하지만 나의 입지는 잘 말하는 사람으로 조금씩 가까워지게 된다.

다시 시작해 본다. '노년을 어떻게 보낼 것인가.' 많은 사례를 보았다. 정답은 없다. 부딪쳐 보고 내가 좋아하는 일이 이것이었구나, 깨닫는 게 필요하다. 이 일은 잘할 수 있을 것 같아 하는 일은 도전한다. 어떤 작가에게 물었다. 20살로 돌아가면 무엇을 꼭 하고 싶은가? 요리도 배우고 싶고, 여행도 하고 싶다. 공부도 더 열심히 하고 싶다. 그때는 무슨 일이든 열심히 하고 싶다. 헛되이 시간을 쓰지 않을 것이다. "지금 하십시오. 지금 충분히 할 수 있는 나이입니다." 우리는 얼마 남은 시간을 논하지 말자. 할 수 있는 데까지 최선을 다하는 아름다움을 보이는 것이 다시 사는 인생이다. 그러면 삶에 애착으로 더 건강한 나를 챙기게 될 것이다. 모자람을 불평하는 일은 아무런 도움 되지 않는다. 있는 것으로 활용한다. 있는 재료로 음식을 만들어 낸다. 더 귀함이다.

1

배우는 게 이렇게 재미있을 줄이야

배움은 우리를 더 행복하고, 더 풍요롭게 만든다. _마하트마 간디

배움은 평생 해도 모자란다. 하지만 "옛 어른들은 배움도 나이가 있다." 한다. 왜요? 묻는다. "젊었을 때 공부도 하고 돈도 벌어야 하느니라. 나이 들어서는 젊은 만큼 여건이 따라주지 않아." 여러 이유로 마음대로 살아지지 않는 것이 삶이지 않은가. 젊은이들도 요즈음 영악하게 굴며 투잡, 쓰리 잡을 한다. 시간 쪼개어 하고 싶은 공부와 경제활동을 한다. 60도 놀지 아니한다. 정년퇴임은 이제 "공부하셔요." 하는 시기이다. 배우는 시기다. 자유로운 시간을 누리면서 자기 성장에 시간을 할애한다. 오히려 육아에, 살림 살 때보다 더 바쁘다. 친구는 말한다. "지나치게 바쁘게 살며 에너지 고갈로 건강을 해친다. 적당히 하자." 당연하다. 젊어서 하지 못한 공부와, 하고 싶은 취미생활 줄지어 있다. 요가, 수영, 명상, 책 읽기, 산행, 제주도 한 달 살기, 해외 트래킹, 커피, 음악 교실, 그림, 컴퓨터, 영어, 박물관 공부 등 많은 취미생활의 과목들이 줄지어 있지만 한계의 체력과 시간은 적당한

선을 찾게 한다. 배움도 나이답게 실속을 차려야 한다. 한 가지의 취미라도 재미있게 하는 것이다.

친구들과 5년 동안 1박 2일 여행을 다닌다. 블로그 포스팅한다. 재미있다. 새로운 곳에 관심이 가기 시작한다. 다음 달이 되면 또 어디론 가고 싶다. 카메라 없어도 스마트폰으로 사진 찍기 충분하다. 가벼운 마음으로 다닌다. 이제는 승용차 없이 도심을 여행하고 싶다. 대중교통 이용으로 도심을 풍경을 보고, 사람의 움직임을 눈여겨본다. 다들 사는 방법들이 같구나. 도심의 역사도 살핀다. 지방자치제는 도시마다 쉴 공간을 마련하여 준다. 타 도시인이지만 그곳에서 쉬어 본다. 공원에서 만나는 어르신들과 이야기도 나누어 본다. 해외여행 아니면 어떤가. 낯선 곳의 궁금증은 설렘이 된다. 여행의 방법을 바꾸는 것에 계획을 세우는 것이다. 스마트폰 사진 찍기를 공부한다. 유튜브에서도 가능하다. 동네마다 주민센터에서 핸드폰 수업을 하고 있다. 네이버 지도 보기를 배운다. 마을 정보센터 이용으로 컴맹에서 벗어난다.

읽지 못했던 책을 읽는다. 정말 읽지 못했다. 핑계는 많다. 일하기 바빴다. 가정 살림에 육아까지. 시간이 호락호락하지 않음을 역설한다. 이제 이유를 찾았다. 중요성을 책 읽기에 두지 않음을 60이 되어서야 알게 됨이다. 자투리 시간을 왜 활용하지 않았지. TV 보는 시간, 커피 마시는 시간을 줄인다. 느린 걸음을 빠른 걸음으로 이동한다. 발 폭을 넓게 잡고 빨리 걸으면 하루 활동량에서 2, 3시간은 줄일 수 있는 시간 관리가 된다.

이제 60을 넘고 나서야 사실을 알게 된다. 젊었을 때는 콩나물 미리 포장을 해 두는 것이 아니라 직접 뽑아 파는 시기다. 조금 더 얻으면 싸게 샀다는 심리로 '살림을 잘하고 있어.' 위안했다. 흥정으로 가격을 깎는 경제의 개념은 적용하지만, 대신 시간은 예사롭게 흘려보낸다. 거기에 신체의 노화에 활동 범위를 줄이게 된다. 좋지 않은 점은 이 '나이에 무얼 하려고' 하는 말을 수시로 한다. 내일 죽어도 사과나무 한 그릇을 심는 우리는 지금의 시간에 최선을 다하는 자세가 필요하다.

책 읽기에는 배경지식을 요한다. 특히 유럽 이야기에서는 전쟁과 약탈, 종교 등 우리나라의 역사보다 훨씬 복잡하다. 읽으려면 고난도 이해를 필요로 한다. 포기하고 싶은 마음이다. 어려운 책들 읽지 않아도 잘 살았는데 꼭 지금 읽어야 해. 60에 제반 지식도 없는 책 읽기를 어떻게 할까 망설이게 되고 물음을 갖는다. 어떤 작가님은 이야기한다. "10%라도 이해하면 됩니다. 꾸준함이 나를 성장시킵니다. 서둘지 마세요." 정상을 가려면 한 걸음씩 옮겨야만 정상에 설 수 있다. 저절로 되는 것 없다. 7, 8부 능선에서는 특히 여기 왜 왔지. 후회까지 하게 된다. 잠시 호흡 조절한다. 수고의 비례는 보람도 배가 된다. 독서에서도 처음은 괜히 고생하는 것 아니냐 묻게 되지만, 한 권의 책이 책장에서 읽어진 책 나열 칸에 꽂히게 되는 뿌듯함을 경험하게 된다.

할 수 있으면 책을 써 본다. 책 쓰기 강의를 듣기도 하면 글공부에 마음을 쏟고 몰입해 본다. "내가 어떻게"라는 의심의 생각이 큰 장애이다. 60전에 해 보지 못한 일이다. 60 이후에 꼭 해 보고 싶은 일로 작정한다. 친구들에게 물어보면 "내 책 한 권 있으면 말할 나위 없이 좋지." 최고의 인생 선물이라 말한다. 마음이 있으면 길이 있다. 글을 먼저 쓴 작가들에게 문의하면 책 쓰는 방법을 안내해 준다. 서로 도움을 주고 싶어 한다. 친구의 글을 읽고 싶다. 60 이후의 삶은 아름답게 만들 수 있다. 늘 계획 세우는 일만 열심히 하는 것이 아니라, 계획 없었든 책 쓰기로 주위를 놀라게 한다. "우리 엄마가 책을 썼어요." 자랑은 곧 삶의 선물이 된다.

『여행의 미래』를 쓴 젊은 김다영 작가의 여행 솜씨를 배우고 싶지만 60은 현실이다. 나만의 공간, 나만의 세계를 만들어 간다. 젊어서 하지 못한 것에 애걸하지 않아야 한다. 배움의 재미에 빠져보자. 지루한 노후는 불행하다. 100세라면 반 정도 살았다. 시간도 그리 짧지 않다. 더불어 살아가는 가정과 사회이지만, 나만의 우주를 만들어 봄이다. 배움이 우주를 만들어 준다. 하고자 하는 열정이 나를 만든다. 60은 80보다 적고, 100세보다 훨씬 작은 숫자이다. 자유를 마음껏 누리는 세대이다. 함께 하자. 게으른 농부의 밭에는 풀이 많지만, 부지런한 농부의 밭에는 잡초가 없다. 우리 집

마당에도 여름철이면 늘 잡초가 잔디보다 많다. 주인을 보게 된다. 인생에서 주인을 보여 주자. 사람들은 부지런한 주인을 좋아한다.

2

80일 때 내 모습은 어떨까

나이는 숫자에 불과하다. 중요한 것은 마음가짐이다. 조지 버나드 쇼

거울이 보기 싫다. 매일 만나는 친구와는 부담 없지만, 오래간만에 만나는 친구 만나기는 꺼려진다. "야~ 너 살 빠졌구나." 하면 너 많이 상했다. 늙었다는 인사로 들린다. 본의 아니게 "야. 너 하나도 변하지 않았어. 어쩜 늙지도 않네." 제일로 듣기 좋은 인사가 된다. 세월의 순리를 받아들이지 않는 마음은 누구나 같다. 받아들이지 않으면 어쩔 건데. 시비를 만든다. 이기지 못하는 논쟁이지만 하고 싶다. 혹시 더디 가는 시간에 합류되지 않을까 하는 요행을 바라기 때문이다. 사람은 분명 늙으면 사지육신이 상한다. 젊어서처럼 튼튼하지 못하다. 서글퍼진다. 젊어서는 항상 젊을 것이라 요행스러운 생각으로 살았다. 젊어서 그랬다. 젊어서는 늙음을 생각하지 않았고, 나이 먹어도 나만의 벽을 만들어 쉽게 늙음에 가까이 가지 않으려 했던 마음에 웃음이 난다. 착각의 자유가 좋을 때도 있다.

산을 오른다. 땀이 얼굴로 뚝뚝 떨어진다. 빠른 호흡이 더 진행하면 너 어떻게 되는지 알지. 협박한다. 멈춤을 한다. 달랜다. 에너지를 조금 모은다. 다시 발걸음 옮긴다. 이러한 과정의 횟수가 늘어난다. 생각을 달리한다. 너 지금은 괜찮아. 80일 때 생각해. 생각의 방향을 완전히 바꾼다. 지금은 힘들어도 다음에는 할 수가 없어. 지금을 소중히 하자. 정선이가 "신불산에 청억새가 피었어요. 산 가요." 따라나선다. 어찌나 걸음이 빠른지 선두는 앞서가고 보이지 않는다. 뒤처지는 것이 미안해 걸음 속도 내지만, 여전히 뒤처진다. 그래도 지금 따라나설 수 있는 용기는 나이 더 먹어 가지 못할 때를 위한 나의 최선책이 된다. 분명 80에는 가지 못할 것을 알기에 아직은 움직여야 한다. 지금부터 겁내면 나에게 주어진 시간이 적어진다. 교훈을 얻게 되면 생각의 틈새를 긍정적인 면으로 리드하게 된다.

80일 때는 60과 다름을 생각하게 한다. 왜냐하면 50과 60의 다른 점을 알았기 때문이다. 60은 60에서 최선을 다해야 한다. 80은 덤으로 살지 않을까. 건강관리 잘해 두었다가 80을 윤택하게 해야 한다. 노(老) 할머니로 초췌한 모습은 상상하기 싫음이다. 많이 움직이지 못하지만, 나누어 줄 수 있는 이야기를 가진 할머니로, 80이라도 멋진 할머니로 억지를 부려보고 싶을 것이다. 60이 만들어야 한다. 60을 물 흐르듯이 쓰고 나면 몸은 편할지언정 80에 들려줄 이야기가 없다. 60 지금 나이에 엄살 피우지 말자. 나이 들었다고 미루거나 약한 모습을 보이지 않아야 한다. 시간의 단점은 우리에게 미래의 모습만 보여 준다. 주위 80 정도 된 어르신을 보면서, 내 나이 80을 예측해 본다. 먼저 보이는 모습에서 젊음과 다르다. 그래서 80되기 전에, 60부터 스스로 책임지게 한다. 모습에서 오는 상실감이 아니라, 마음에서 오는 순응의 자세로 지키게 한다.

여기서 죽음은 거론하지 않겠다. 삶만이 있는 지금을 챙기는 것이다. 81살 언니를 만났다. 언니는 나에게 해 줄 이야기 많음이 얼굴에서 보인다. 살아 보니, 지나고 보니, 과거의 이야기를 동조하게 한다. 하고 싶은 이야기는 언니의 얼굴에, 체구에 녹아 있다.

60을 잘 살고, 80을 잘 받아들이기 위해서 어떻게 하여야 하는가. 묻는다. 해답을 잘 찾지 못하지만 귀 기울인다. 꿈을 꾸자. 희망을 만들자. 나누자. 동참해 보자. 발로 뛰어 보자. 많은 단어는 나에게는 공자 말씀으로 들렸지 정작 와 닿지 않았다. 다만 여러 방법을 알려 준다. 스스로 찾는 연습한다. 나에게 맞는 해답을 찾아야 오래 가고 재미있게 연습하고 단련시킨다. 몇 번의 실패로 이어진다. 그러는 가운데 찾아진다. 다구를 산다. 살 때는 얼른 손이 간다. 집에 와서 보면 비슷한 다구 있다. 아니면 별 쓸모가 없는 듯하다. 이처럼 수업료를 내게 된다. 취미생활도 마찬가지다. 꽃꽂이 공부를 시작했다. 특히 꽃을 소재로 사용하니 경비가 좀 많이 드는 편이다. 자격증 시험에 꽃값에 투자를 많이 한 셈이다. 나중에야 이것 나한테 맞지 않는 과목이야. 손을 놓게 된다. 이 또한 수업료를 낸 셈이다. 처음부터 이 것이 내 것이다, 찾아지지 않는다. 찾게 되면 그때부터는 가속도 높아진다. 학창 시절 공부 확실히 하고 시험에 응하면 덜 긴장한다. 그렇지 않으면 시험이 싫을 뿐만 아니라, 꼭 시험을 쳐야 해. 짜증 내게 된다. 미리 80을 준비하면 즐길 수 있다. 건강을 준비하고, 놀거리를 준비한다. 노후에 공부할 관심 분야를 찾는다. 흔히들 바빠서 죽지 못한다는 이야기처럼 하루의 시간은 나를 위하고 이웃에게, 가족에게 보람을 나누는 시간이 된다. 하는 일 없이 보내는 80은 사절이다.

제주도 "서귀다원"에서 여든 살 되는 할머니는 차(茶)를 우리고 계신다. 아들, 딸에게는 주방 일을 시킨다. 다원을 찾아오는 관광객은 할머니가 우린 차를 마신다. 돈 벌어 손자에게 용돈 주고 일하니 아픈 데가 없어 말한다. 소일거리를 찾는다. 서귀다원 할머니의 차 우리는 모습 예사로이 보이지 않는다. 80을 뒷방 늙은이로 잘못 생각하고 내 일을 만들지 않았다면 가족에게 부양받아야 할 노인네로 지냈을 것이다. 80 노후의 모습에서, 어르신을 다시 보게 되고 생각하게 한다.

찾아오는 세월인 손님을 문전 박대하지 않는다. 시간을 환영하지 못하지만 물리치지 못한다. 대문 밖에 두지 못한다. 언제 왔는지 살포시 무릎 위에 앉아 있다. 어디든 따라다닌다. 같이 어울려 주어야 한다. 다만 미워하지 않는 시간만이 나를 위로 한다. 시간은 "이렇게 하지 마셔요. 잘못하면 같이 걷기를 거부하게 됩니다."라고 말한다. 어깨 나란히 걷지 않으면 엇박 자로 삶은 엉망이 된다. 받아 들어야 하는 일은 순응한다. 같이 걸으면, 같 이 웃고, 같이 잘 논다. 같은 값이면, 젊음도 하루 시간, 노년도 하루 시간 이다. 노년의 시간 아프다고, 기력 없다고, 핑계 대면서 소홀히 하지 말자. '같은 값이면' 사용하는 단어 하나에도 긍정적으로 사용하자. 부정은 나를 퇴보시키는 구실이 될 수 있다. 젊은 하루보다 노년의 하루가 더 소중하지 않을까 하는 이유를 노년은 알고 있음이다.

3

금은보화보다 시간을 소중히 여기니

시간은 우리의 가장 큰 자산이다.

시간을 잘 관리하면, 인생을 더욱 풍요롭게 만들 수 있다. _브라이언 트레이시

금은 변화가 없다. 그러기에 금을 최고의 보석으로 여긴다. 다른 보석들이 있지만 금을 성분 분석하지 않는다. 금은보화의 기본이 된다. 귀하고, 고가이기에 재산 증식으로 금을 모은다. 엄마들은 손 덜 타는 곳에 금을 숨겨둔다. 돈이 꼭 필요할 때 내어 가족들에게 도움을 준다. 아들, 딸 결혼식에까지 잘 보관하여 두었던 것을 꺼내어 "이게 너 첫돌 반지다." 안겨준다. 금의 가치를 사랑처럼 전하여 준다.

금은보화는 돈으로 계산되는 경제적 물권이다. 그러한 것보다 귀한 것은 시간이다. 금은 경제적 여유 있으면 사서 모아두기도 한다. 금값이 오르면 자동 수익이 발생한다. 시간 계산법은 다르다. 팔 수도, 살 수도 없다. 그러면 더 귀하지 아니한가? 이익을 주지도 않는다. 스스로 쓰기 나름의 계산

법이다. 잘 사용하면 남는 게 있다. 허투루 쓰면 손해를 보게 된다. 당장 손실, 이익이 없으니 무감각하다. 자고 나면 바로 24시간이 나에게 주어져 있다. "계산이 필요 없습니다. 누구에게나 똑같이 사용하세요. 싸우지 않아도 됩니다. 공평하게 줍니다." 조금이라도 덜 주면 피 터지게 싸우겠지만, 한 푼도 틀리지 않게 주니 싸울 일이 없다. 이러한 조건이니 귀한 줄 모른다. 편한 계산에는 허점이 있다. 챙기지 않으면 슬쩍 넘어가는 성질 있다. 60이 되고 보니 시간 계산을 이렇게 했을까 반문하게 된다. 왜 정확히 야무지게 계산하지 않았지. 잘해도 후회할 텐데, 엉망이면 되돌릴 수 없는 후회에 감당할 저항력 없어지면서 스스로 손 놓게 된다. 후회는 후회로 그 자리에 그대로 서 있을 것인가. 순간순간의 시간 관리이다. 관리자에 따라 사업체의 흥망성쇠 달려있다. 유능한 사람을 관리자에 앉히는 이유도 거기에 있다. 제대로 이끌지 못하는 이에게 맡기면 여러 사람에게 손해와 업체의 존폐까지 중대사로 이어진다. 시간을 효율적으로 잘 활용하니 사업체와 시간을 잘 관리하는 개인도 마찬가지로 시간이 주는 결과에 이익과 연결되면서 사업 성장과 개인 성장으로 이어진다.

    살림을 잘하려면 "돈 버는 자랑하지 말고 잘 써라." 말한다. 구두쇠가 아니라 돈 잘 쓰기를 권한다. 시간도 다를 바 없다. 하루 24시간을 아껴 써야 한다. 24시간 계산법을 잘 활용하는 사람은 성공에 초점을 맞추지 않아도 시간 관리에 다른 즐거움으로 스스로 칭찬하게 된다. 잘 살았구나. 열심히 살았구나. 기특하다는 말을 듣게 된다. 이보다 더 좋은 칭찬이 어디 있겠는가. 잘 살았다는 위로는 자식들에게도 선물이 된다. 부모의 시간 관리는 곧 산 교육이며, 시간의 재산을 잘 활용하는 지혜는 아이들에게도 본보기가 될 수 있다. 시간의 소중함을 알면서도 미루게 된다. 오늘 못하면 내일 하면 되지 뭐. 다음으로 미루게 되면 계속 미루게 되는 아주 고약한 버릇이 생긴다. 독서 회원들과 『그리스인 조르바』를 필사하자고 약속했다. 페이지를 180일로 나누니 하루 3장 정도 적으면 연말에 끝날 수 있다. 하루 이틀 미루니 밀리기 시작한다. 문제는 나중이면 포기하게 된다. 어떤 궤도에 올라서면 포기라는 유혹에서 이기게 된다. 그 시기까지는 습관을 만들어야 한다. 시간 쓰임을 제대로 활용하는 방법인 셈이다.

인터넷 시대는 정보 시대다. 시간을 절약할 수 있는 조건들이 너무나 많다. 검색부터 다르다. 물어보기만 하면 된다. 첫 번째 책 『산의 마음을 배우다』에서 "킬리만자로" 다녀온 이야기를 적었다. 다녀온 후 대강 내용을 정리하여 두었다. 그렇지만 기억의 한계는 느끼지만, 네이버 검색으로 지역 이름들을 알게 되고, 글 쓰는데 도움받게 된다. 정보를 제공받지 못한다면 과연 글을 쓸 수 있을까. 컴퓨터는 시간 절약에 큰 도움을 주었다. 60의 나이에 준 선물은 정보검색에서 얻은 효과이다. 다녀오지 않았지만, 유튜브에서 상세히 설명한다. 자료를 참고하는 이점을 활용한다. 영어 공부할 때 일일이 단어를 사전에서 찾아 발음 공부했다. 지금은 굳이 사전이 필요 없는 시대이다. 대단한 발전이다. 이런 좋은 시기에 공부를 못하고, 이용하지 못한다면, 누구 탓으로 변명할 것인가?

시간이 없어 하지 못한다는 핑계로 이유를 대신할 수 없다. 이유가 되지 않는다. '흘려보내는 시간을 계산하라.' 놀이문화를 점검 해 본다. 수시로 지금의 상황 시간에 브레이크 걸어야 한다. 노는 일에도 돌아보게 한다. 이번 한 번은 어떠냐. 이번 한 번만으로 변명한다. 애니팡 게임으로 시간을 낭비한 적이 있다. 재미있다. 점수가 모이는 것을 보면 작은 성취감이 생긴다. 여기까지만, 10분만 더. 아무도 꾸중하지 않는다. 내 시간을 내 마음대로 쓰지 못한다면 무슨 재미로 사냐. 반문까지 하면서 게임에 푹 빠진다. 돈 주고 포인트를 구매하지 않은 이상 더 게임을 진행할 수 없다. 포인트 모으기는 어렵다. 프로그램이 그렇게 만들어져 있다. 어리석은 생각으로 애니팡에서 헤어나오지 못한 시간도 있었다.

꼭 해야 하는 일은 그대로 진행한다. 자투리 시간을 금으로 쓴다. 금은 귀중하다. 시간은 더 귀중하다. 귀중한 것은, 잘 관리하여야 떠나지 않는다. 도움을 주면 옆에 있게 된다. 그 시간에 나를 맡겨본다. 시간은 갔지만, 남은 시간의 사기를 높여 더 시간과 친하게 지냄은 금보다 시간이 귀중함을 알게 한다. 시간이여, 같이 가되 빨리도 가지 아니하고 보통 걸음으로 잘 어울려 보자. 금 시간을 만들어 금처럼 귀하게 아껴 다른 것 만들어 보기도 하고 같이 어울려 신나게 살아가는 것이다. 시간에서 내가 좋아하는 것 만들어 내어봄이다. 한 친구는 테라피에서, 한 친구는 요가에서, 한 친구는 산에서 등등으로 나를 귀하게, 시간을 귀하게 자기 나름의 시간 관리에 마음을 모으는 일은, 금보다 귀한 시간을 내 것으로 활용하는 일이다. 시간은 무기체로 보이지 않음이 단점이자 장점이 된다. 금이 값나가는 보석이지만 나에게는 시간이 최고의 보석이 된다. 시간 금으로 몸에 치장한다. 화려하지 않지만, 할 수 있는 일이 많아진다. 꿈을 이루어 나가는 데 금보다 시간이 훨씬 편리하다. 금은보화로 치장하지 않아도 행복한 이유는 시간 금이 나를 자유롭게 하여 주기 때문이다. 시간과 친하게 지내는 것이 곧 하고 싶은 일 하고 있음이다. 시간 관리에 1순위를 두는 것은 나의 주변 관리가 됨이다.

60의 희망은 구절초 닮아라

나이는 우리를 더 감사하고, 더 겸손하게 만든다. _헬렌 켈러

친구들과 자주 하는 이야기가 있다. 언제 우리가 이렇게 나이를 먹었지. 40, 50에는 언제나 젊어 있을 줄 알았지. 뭘 하다 나이만 먹었지. 서글픔에 우울함마저 든다. 차 마시면서 다른 화제로 옮기면 나이를 잊는다. 옛날 이야기 나오면 신이 난다. 수업 빠지고 땡땡이치던 시간. 버스 안에서 다른 학교 선생님 만났다. "너희들 지금 수업 시간인데 어디 가는 거야." 학교 알려져 혼났던 이야기. 매일 거울만 보고 얼굴에만 신경 썼던 친구 이야기. 어느 선생님이랑 선배 언니 결혼했지. 남학생이랑 빵집에서 만났던 이야기. 옛날이야기에 웃음꽃이 핀다. 그런 여고생이 지금은 예순일곱이라는 나이를 먹었다.

처녀 시절 혼자서 여행을 간다. 부모님에게 어떻게 허락을 맡았는지 지금도 궁금하다. 여관을 들어갈 수 없어 교회로 간다. 목사님에게 부탁하니

교회 근처 신자 집에서 자고 가게 해 준다. 다음 날은 다른 동네 노인정으로 간다. 동네 할머니는 "처녀가 간도 크네." 그런 용기는 어디서 났는지. 지금 생각하면 무지한 것인지, 용기인지. 미스터리한 추억으로 웃음을 머금는다. 여행 가방 무게로 계획한 일수보다 일찍 귀가 했지만, 지나고 보니 그것 또한 추억이 되었다. 되돌아보면 젊음의 용기라 생각한다.

요즈음은 유튜브 등 각종 미디어 잘 되어 있다. 뭘 할 것인지 검색만 하면 100%는 아니지만 마음에 어느 정도는 흡족하게 한다. 80년대는 인터넷의 시작점으로 원활하지 않았다. 베이비붐 세대들은 인터넷 인구에 들지 않는다. 당연히 불편하다. 젊은이들에게 대한 부러움은 전자기계의 원활한 사용이다. 속도와 재치는 다들 프로급이다. 식당에서 가족들은 아이들이 떠들면 스마트폰을 장난감으로 준다. 아이들이 있는지 없는지 모를 정도로 조용하다. 기기에 집중하여 있다. 어릴 때부터 많이 갖고 논 아이는 익숙함으로 컴퓨터 사용 프로들이다.

기차표 하나 사기도 힘들다. 하는 것이라고는 검색 정도이다. 묻는다. 좀 도와줘요. 늘 하는 이야기가 되었다. 가방을 사려고 검색한다. 젊은이가 "직구(해외직접구매)로 사면 훨씬 가격이 저렴할 텐데요." 정보 준다. "먼저 회원 가입을 하여야 합니다. 직구는 개인 통관 번호가 있어야 합니다." 라고 말한다. "가입 좀 부탁해." 도움으로 통관 번호를 받고 직구로 가방 구매한다. 구매하고 싶은 물건 가격이 국내에서보다 저렴하다. 젊은이들의 컴퓨터 사용 능력이 참 좋다. 조금만 노력하면 같은 물건을 저렴하게 살 수 방법을 아는데. 젊음과 베이비붐 세대들과의 차이는 쇼핑문화에서부터 차별된다. 여행 가려면 먼저 숙소를 예약하게 된다. 친구들과 여행에서는 숙소 예약하지 않고 떠난다. 몇 시에 어느 곳에 도착 예정이 없다. 여행코스 정확하지 않으니 어두워지면 '여기서 자자.' 하는 곳이 숙소 지역 된다. 숙박할 지역에 떨어지는 시간에 숙소를 알아보게 된다. 60의 엄마들은 아들에게 전화한다. "아들아 여기 방 하나 잡아 줘." 아들의 손을 빌리게 된다. 예약하지 못하는 여행을 떠나는 우리는 아들자랑 하면서 숙소 해결하게 된다. 이런 불편함을 언제까지 고수할 것인가.

여든 할머니가 복지센터에서 한글을 배운다. 짧은 시(詩)이지만 그림을 그려 넣고 시를 써서 사람들이 많이 왕래하는 공원길에 전시한다. 평생을 살면서 얼마나 불편했겠는가. 한글을 배우듯이 우리는 인터넷세상에서 원활히 쓸 수 있는 실력을 쌓아야 한다. 컴퓨터 사용 능력이다. 친구랑 1박 2일 여행을 간다. 코스를 유튜브, 블로그 등 검색하면서 도시의 볼거리를 정하고, 숙소를 정하고 길거리에서 시간을 줄이기 위해 지도를 검색하게 된다. 목적지까지 네비게이션을 이용한다. 가이드 없는 우리끼리 여행을 하게 된다. 희망 가져 본다. 국내 여행에서는 완벽하지는 않지만, 예약시스템 이용하게 되고 일정 짜기 소화해 내고 있다. 문제는 해외여행이다. 친구는 마루타가 되어 주마. 해 보자. 은근슬쩍 분발하게 한다. 젊었으면 해외여행은 패키지가 아니라 자유투어이다. 젊음과 노년의 차이이다. 스마트하여 일흔, 여든이라도 할 수 있는 사람도 있다. 평균 속에 있다. 자신감 있으니 실행에 옮기기도 해 본다.

희망이 곧 젊음이다. 초점을 맞추어 본다. '자이언트 북 컨설팅'에 이인행 작가가 있다. 이분은 장애를 딛고 걷지 못한다는 의사의 진단이 있었지만 걸었다. 동강 래프팅을 한다. 에버랜드 놀이기구를 타게 된다. 누가 걱정 근심에 용기를 주겠는가? 스스로 힘이다. 언제는 꼭 해 봐야지. 희망을 키운다. 아무 생각이 없는 것보다 하고 싶다는 꿈을 가진다. 아마 처음 가는 해외여행 자유투어는 큰 용기 필요로 할 것이다. 옛날이야기를 하게 되는 것이다. 희망 없는 노년은 힘이 없다. 가는 시간에 따라가게 된다. 꿈 있는 노년은 바쁘다. 할 일이 너무 많아 죽을 시간이 없다 한다. 60에 무얼 할 것이야. 재미있게 건강하게 놀기만 하는 것이 아니라 성장하면서 놀자.

'자이언트 북 컨설팅' 책 쓰기 수업에서 교보문고 매월 1회 사인회가 있다. 교보문고에는 동료 작가로 화기애애한 분위기다. 오늘의 주인공인 황미옥 작가를 축하하려 전국에서 모였다. 연배를 살피니 나이가 제일 많다. 다양한 계층이지만 60대 후반의 연령은 보이지 않는다. 주눅 들어야 하는가. 아니면 어깨 펴고 당당해야 하는가. 당연히 당당해야 한다. '난 일이 있어요. 책 쓰고 있어요. 아직은 초보 작가이지만 공부하고 있어요.' 사회는 늙음에 너그럽지는 않다. 젊은이를 따라가지 못하면 꼰대로 보이기도 한다. 보든 말든 나는 내 할 일을 한다. 내 인생은 내가 주인이다. 누구에게 내 인생을 맡기면 아무나 살아 주지 않는다. 남편에게 부탁해도 들어줄 수 있는 것만 들어준다. 그 외 것은 "당신이 알아서 해. 그것도 도와주어야 해?" 은근슬쩍 위압 준다.

산길 걸으면서 만나는 구절초는 유독 눈에 띈다. 햇볕 받으면 흰색이 더 화려하다. 서리가 내리고 아침저녁으로 찬 기온이면 유난히 색감 더 반짝인다. 가을꽃의 아름다움을 마음껏 뽐냄이다. 구절초도 봄, 여름이 있었기에 가을 구절초는 우리의 눈길을 더 받는다. 젊음이 있었기에 가을의 수확을 더 거두게 된다. 60이라는 나이에만 매달리는 것이 아니라, 80의 나이를 바라봄이다. 80에 보려는 구절초를 키우는 것이다. 노년의 희망은 생각으로 이루어지는 것이 아니라, 구절초처럼 매년 가을꽃을 피워야 하기 때문이다.

시니어 고전 읽기 도전장

독서는 우리의 삶을 더욱 풍요롭고 의미있게 만든다. _벤자민 프랭클린

독서는 나에게 힘이다. 지혜를 갈구하는 자에게 책만큼 인류 창조 이래 좋은 것 있으랴? 핑계이지만 책 읽을 시간을 할애하지 못했다. 의식주 해결에 집안 살림에 주부의 일이 만만하지 않음을 역설한다. 집에 환자라도 있으면 온 정신이 환자에게 집중되니 책 읽기를 좋아하지만, 책 읽을 시간을 할애하지 못한다. 책 읽기가 우선적이지만, 실제 현실은 그러하지 않음이다. "책 읽을 시간 있으면 잠 좀 더 자겠다." 현대인들의 바쁜 일상이다. 60의 친구들에게 묻는다. "책 좋아한다." 이야기하지만, 실제 읽어지지 않는다. 중요하다고 여기지만, 책 읽기는 쉽지 않다.

세 그룹으로 나뉘게 된다. 공부를 위해 책을 읽는 학생과, 책 쓰는 사람은 직업상 책을 읽는다. 업무와 관련이 적은 책은 읽기 쉽지 않다. 각자의 직업에 충실하게 된다. 자영업 하던 시기에 아침 8시 출근부터 밤 12시까

지 일을 하게 된다. 퇴근 후 지친 피로는 더 이상 아무것도 할 수 없다. 책을 읽을 엄두도 내지 못하는 핑계를 하게 된다. 세 번째는 책을 꼭 읽어야 하는 절실한 독서가들이 있다. 책 읽는 일에 중요성을 두게 된다. 책 읽지 않는 핑계는 '먹고 사는 일이 우선이지.' 변명하게 된다. 책을 소개하는 신문, 잡지를 보게 되면 잠시라도 그 지면에 잠깐 멈춘다. '책을 읽어야 하는데, 언제 읽지.' 마음에서 끌림은 실천되지 않고 나중에 시간 나면 하지 미룬다. 다음 시험에는 꼭 공부할 거야 하지만, 결과는 매번 반복된다.

60에 시니어 고전 읽기 도전장을 낸다. 만만하지 않다. 엉덩이가 들썩인다. 몇 페이지 넘기기도 전에 커피 마시고 하자. 차 준비한다. 배경지식 없으니 이해하기 어렵다. 『일리아드 오디세이』의 신화 이야기는 생소한 부분이다. 우리나라 고전이 아니라, 그리스 고전에 도전장이다. "이해 10% 하기"로 욕심을 버린다. 읽기 시작 후 1주년이 되고 나니 세계 3대 비극, 희극, 헤로도토스 『역사』, 투키디데스의 『펠로폰네소스 전쟁사』 등 벽돌 책을 읽게 되었다. 『소크라테스의 변론』을 읽게 된다. 크리톤을 읽고 파이돈을 읽는다. 파이돈에서 이해하기 어려워 필사를 해 본다.

"여보게, 사람들이 쾌감이라고 부르는 감정은 참 이상하기도 하지! 쾌감은 그와 정반대되는 것으로 여겨지는 감정인 고통과 놀랍도록 밀접하게 연관되니 말일세. 한 사람이 이 두 가지를 동시에 느낄 수는 없어. 하지만 누가 둘 중 하나를 쫓아가 잡으면, 그는 거의 언제나 다른 것도 잡게 되지."

소크라테스와 같은 생각을 했지만 우리는 표현하지 못했다. 표현에 감탄하게 된다.

책을 읽는 재미가 무엇일까? 운동은 직접 하지 아니하고는 결과가 내 것이 될 수 없다. 책도 마찬가지이다. 고전 읽기 도전하지 않았다면 소크라테스가 말한 "너 자신을 알라." 고개만 끄덕이고 있었을 것이다. 소크라테스를 철학자 정도로 스치면서 철학자가 전하고자 하는 지혜의 뜻을 관심 없이 보았을 것이다.

소크라테스를 좋아하게 되었다가, 『그리스인 조르바』를 읽게 되면 조르바를 쓴 니코스 카잔차키스를 좋아하게 된다. 처음 읽을 때는 '뭐 이런 사람이 있어.' 했지만 다시 읽을 때는 조르바를 이해하게 되고, 설정한 주인공이 작가 자신이었느냐 아니면 가상으로 작가가 바라보는 행동의 이상향이었는가 궁금해지기도 한다. 한편으로 내 삶에 조르바는 어떤가. 독서의 다양성은, 읽은 후 나를 이 책의 주인공으로 접목해 보고 싶은 호기심과 변화를 일으킨다. 변화를 거부한 마음은 독서로 다른 사람의 삶을 보면서 움츠리고 있던 마음을 용기 내게 한다. 조르바를 이해하지 못했다. '이 책이 왜 고전이지?' 다시 읽게 되었을 때 "자유"라는 단어를 알게 되고, 여행을 통한 작가의 정신을 보게 되었다. 많이 읽을수록 더 많은 간접경험을 하게 되면서 생각의 폭이 확장되어 가는 또 다른 세상을 보게 된다.

『돈키호테』를 읽게 되면 스페인 여행을 꿈꾸게 된다. 세계 속의 무궁무진 상상력으로 다가가게 된다. 『서유기』를 읽으면서 내가 젊었으면 하는 아쉬움으로 꼬리를 내린다. 삼장법사가 다녀온 길을 걸어 봤으면 하는 생각은 죄가 되지 않을 것이다. 생각 여행으로 끝나지만, 로봇 여행처럼 상상 여행을 다녀온 듯 어느 곳이든 상상만으로도 책 읽기의 매력 되지 않을까?

늦게 시작하면 손해 보는 일 많다. 빠를수록 손해를 덜 보게 되는 책 읽기. 배경지식 부족으로 이해도 낮으니 무슨 말인지 재미도 없다. 시작지도 않는다. 시작에도 조금 가다 내 갈 길이 아니야 단정 짓게 된다. 정상은 언제나 높은 곳에 있다. 정상을 비행기로 가면 재미없다. 숲과 그늘, 새소리 바람 소리 들으면서 간다. 흙바닥에서 오는 쾌감을 즐거워하게 된다. 정상의 길을 즐기면서 걷는다. 고전 읽기에서도 하루 몇 페이지라도 매일 읽기에 도전한다. 세상에는 많은 일들이 매일 일어난다. 중요한 일과, 중요지 않은 일이다. 자투리 1, 2시간을 고전 읽기에 도전해 본다. 처음은 낯설어 포기부터 하게 되지만 일 년쯤 지나면 먼저 책을 찾아 읽게 된다. 책 읽는 재미를 지금껏 알려고도 하지 않았고 관심 밖으로 두었다. 이제 60이라는 시간 부자이다. 읽지 못했던 고전 읽기 도전장을 내었다. 알지 못했던 단어들이 머리 아프게 하지만 검색하면서 읽는 재미도 쏠쏠하다. 책은 곧 여행이며 삶이다. 그리스에 가지 못하면 어떠냐? 책으로 그리스를 본다. 책은 영원한 우리 여행코스가 된다. 여행으로 읽는 책보다, 책 읽는 여행으로 패턴을 바꾼다. 돈과 시간, 에너지를 들여 하는 여행보다 베토벤을 책에서 만나고 아인슈타인을 책에서 만나는 방법이 경제적이다. 위안의 방법을 바꾸는 것도, 괜찮은 임기응변이 된다. 나의 계산법이다. 지혜로움이라 인정하게 된다.

4장

행복은

좋아하는

일로부터

4장을 들어가며

행복은 우리가 가진 것이 아니라,

우리가 가진 것에 대한 우리의 태도이다. _켄 포니에

매일 좋아하는 일만 할 수 없다. 그럼 좋아하는 일은 무엇일까? 스트레스받지 않는 일이다. 표정이 환해지는 일이다. 일과 상관없는 휴식이 된다. 하고 싶은 일이다. 여행하고 싶다. 먹고 싶다. 영화 보고 싶다. 걷고 싶다. 많은 일들이 나열된다. 상황에 맞게 하고 싶은 일을 찾는 것이다. 시간 가는 줄 모르는 일이 좋아하는 일이 된다.

초등 친구와 워터파크에 간다. 솔직히 60 나이는 우리뿐이다. 주위 환경보다 친구들과 놀이에 더 신경 쓴다. 판매장에서 파는 간식거리 사 먹는다. 먹거리 축제인 양 먹는 즐거움도 누린다. 손자들 업고 있는 할머니 있다. 친구는 "자식들 따라 워터파크 가니 손자, 손녀 봐주는 게 일이야. 친구들끼리 와야 해."라고 말한다. 파도타기. 기구타기. 물놀이 재미에 빠진다.

8명의 친구는 워터파크가 낯설다. 아들, 딸 따라 와 봤지만, 친구들끼리는 처음인지라 익숙지 않다. '할 수 있는 일은 다 해 보자.'라는 추억 만들기고. 행복 콘테스트가 된다. 행복하지 않을 이유가 하나도 없다.

쇼핑할 때 바로 구매보다 내게 잘 맞는지. 활용성이 얼마나 되는지. 가격은 적당한지. 품질이 어떠한지. 전자제품이면 A/S 어떤지. 구매할 물건에 대해 시장조사를 하게 된다. 조사했건만 경험치 적으니, 구매에 허점을 보인다. 이것을 우리는 수업료 냈다고 말한다. 좋아하는 것 찾는 일에도 마찬가지이다. 처음부터 잘 하지는 않는다. 이것저것 하다 보면 내가 좋아하는 것이 이것이구나 알게 된다. 그 이후로 집중하게 되고 시간을 투자하게 된다. 좋아하는 일은 그저 찾아지는 것 아니다. 물건을 사는 일처럼 수업료를 내게 된다. 찾고부터는 확실한 내 것으로 자리 잡게 되면서 성장으로 이어진다. 하고 싶어서 하게 되니 효과도 훨씬 높아진다. 기다리는 시간이 행복하다. 다하지도 않았지만 벌써 끝났어. 아쉬움이 남는 건 좋아하는 일이라서다. 이 일을 하지 않으면 병이 날 것 같다는 정도의 갈망이 있는 일이면 더더욱 좋아하는 일이 된다. 사랑하는 연인끼리 좀 전에 봤는데도 또 보고 싶다. 왜일까? 옆에 두고 보고 싶기 때문이다. 좋아함은 그런 마음이다.

사랑하는 사람을 옆에 두는 것처럼, 좋아하는 일을 행복 대체품으로 사용한다. 좋아하는 일을 젊어서 찾지 못했다. 일하느라 바빴기에 심사숙고

하지 아니하였다. 적성에 맞는지 고려해 보지 않았다. 꼿꼿이 수업을 오랫동안 했다. 수업에 들인 시간과 돈 등 에너지 아까워서 그대로 계속했다. 적성에 맞지 않으니 그만두는 일이 생긴다. 수업료를 덜 내고 적성에 맞는, 내가 하고 싶은 일을 찾는다. 이게 행복 대체품으로 쓸 수 있다. 소중한 선택이 된다. 지금부터다. 찾기에 쉽지 않으면, 같은 동년배들과 허심탄회하게 이야기하면서 절충점을 찾는다. 아니면 마음이 가는 일을 먼저 해 본다. 누구도 대신해 줄 수 없는 과제이기에 절박한 마음으로 찾는다. 행복 대체품을 찾지 못하면 늘 뭔가를 해야 하는데, 충족되지 못한다. 늘 허전하다. '이렇게 노년을 보내면 안 되는데.' 하면서 행복 대체품을 찾지 못하면 시간을 낭비하는 듯 보인다. 그렇게 되어서는 안 된다. 우리는 행복해야 하는 특권을 가지고 있다.

행복하다. 얼굴에는 웃음이다. 건강한 모습이다. 활력 있게 보인다. 이러한 상황들이 행복의 표현이다. 모르는 것을 배우듯이 좋아하는 일을 찾는다. 행복은 주위에 맴돌지만 잡기는 쉽지 않다. 멀리 있는 것으로 생각한다. 가까이 있음을 시간이 지나서야 알아차린다. 육십은 시간을 허비할 여유 없다. 시간 허비를 최대한 줄여야 한다. 친구는 "5년을 10년으로 계산하고 살자." 동의한다. 마음에서부터 행복을 잡아챈다. 손가락 사이로 공기가 새어 나가듯 아무런 촉감 없이 빠져나간다. 머무르지 않는 행복을 억지로 잡으려 하지 아니한다. 또 새로운 행복을 찾으면 된다. 새것이 주는 행복이 무궁무진하다. 좋아하는 일은 뿜어내는 용광로처럼 우리를 감동하게 된다.

내가 좋아하는 일을 찾는다. 행복 대체품으로 행복 자동 머신이 된다.

수다 떠는 여행 마니아

여행은 우리의 삶을 더욱 풍요롭게 만든다.

여행은 우리의 마음을 자유롭게 한다. _마크 트웨인

60의 나이에는 어떤 여행을 선호할까? 물론 개인적 취향은 다르다. 놀이 문화가 다르듯이 여행의 취향도 여러 가지다. 60이 누리는 여행을 하고 싶다. 비즈니스 목적이 있는 여행은 아니다. 교육적으로 가는 답사 여행도 아니다. 보상 여행도 아니다. 직업상 하는 여행도 아니다. 효도 관광도 아니다. 60에 하는 우리 여행이다. 테마가 특별히 있는 여행도 아니다. 낯선 곳의 반가움과 설렘이다. 처음 와 보는 곳에 대한 흥분이며, 떠남의 예찬이다. 지역의 맛집에 대한 배부름이다. 맛집에서 먹어 보는 음식은 동네에서 늘 먹는 밥이 아니라, 이렇게 맛있는 집도 있어 즐거움을 찾는 것이다.

국내 여행을 숙소 예약을 하지 않고 떠난다. 완벽하지 않은 코스 정리에서 그날 하루의 마지막 종착 코스는 어디가 되는지 알지 못한다. 어둠이 내려 더 이상 이동이 어려울 때 차 안에서 검색으로, 아니면 아들에게 당일 예약을 부탁한다. 빠른 숙소 예약을 마무리해 준다. 아들들의 SNS 실력에 감탄하며 아들들을 자랑스럽게 여긴다. "아들 고마워." 좀 불편해도 된다. 바쁘지 않으면 해결된다. 국외가 아니라, 국내이다. 우리말이 통하는 곳이다. 걱정하지 않아도 좋은 여행을 할 수 있다.

주부에게 여행은 일상의 탈출이다. 밥하고, 빨래하는 일에서 해방이다. 뭐 그리 힘드니. 힘듦보다 한 번쯤 주부에서 탈출하고 싶은 자유다. 주부끼리 서로 마음을 잘 알기에 100% 이해된다. 여행을 즐김을 두 배로 하여야 한다. 유흥으로 즐김보다 여행의 묘미를 서로 음미하게 한다. 가족의 뒷바라지 시간을 쪼개어 온 주부에게는 특별한 날이 되어야 한다. 여유로운 여행은 아니다. 늦잠 자면서 머무름이 없다. 이동 중인 차 안에서 잠시 피곤을 풀며 수다 떤다. 수다 속에는 노년의 대체 행복품을 선별하느라 고도의 머리싸움으로 수다에 열중하게 한다. 버킷리스트에 무엇이든 담아 보라 한다. 하나하나 체험하는 여행을 꿈꾸는 것이다. 지금껏 한 번도 해 보지 않은 일 찾는다. 한 번은 했었는데 다시 해 보고 싶은 여행. 해외여행까지 꿈꾸면 시간이 부족할 것이다. 부족보다 넘침으로 희망의 여행 수다를 즐겨 보는 것이다.

'칠순 기념은 무엇이 좋을까? 국내 한 달 살기 하자.' 괴성이 나온다. 무엇이 그리 좋은가? 어쩔 줄 모른다. 벌써 떠나는 듯 걱정부터 한다. 한 달 동안 신랑 밥은 어떡하지? 의견 분분하다. 갈 수 있다는 친구, 미리 집 떠날 걱정하는 친구. 지금은 단지 한 달 살기 의견이 나왔다는 것만으로도 기대심리를 유발하게 된다. 60이 넘었지만, 완전 자유인은 아닌가 보다. 가족이 걱정이다. 이를 해결할 방법은 남편의 이해심이다. 남편의 배려 없으면 같이 떠나야 하는가. 숙제이다.

여행은 떠남이다. 안주가 아니다. 무엇이 기다릴지도 모르는 두려움과 친구가 되는 것이다. 워터파크에서 물놀이 기구를 탔다. 타기 전에는 무서워 차례가 되었지만, 포기하고 말았다. 친구들이 다른 물놀이 기구를 찾아가고 없는 시간에 혼자 다시 도전하였다. 무서움과 상관없이 물을 타고 순식간에 도착하는 경이함이었다. 친구들이 웃으며 타는 기구를, 난 무서워 엄두를 내지 못한 것이다. 포기하는 모습을 보여 주었다. 뭐야. 허탈감이 속상하게 한다. 도전하지 않고 돌아가면 워터파크에서 추억은 늘 꺼림칙하게 가슴에 남을 것이다. 시도해 보았다. 두려운 증세 달아나고 오히려 신난다. 개운하다. 날 것 같다. 친구들에게 '해냈어.' 하니 믿지 않는다. 다시 가서 해 보자 한다. 그래도 미심쩍어한다. 친구의 의향이 필요한 것이 아니라 내가 해냈다는 것에 환호다. 물놀이용품 기구에서 이제 피해 다니지 않아도 된다. 줄 서서 차례만 기다리면 된다. 놀이기구 대하는 두려움을 60에서야 실천해 본다. 이게 나잇값인가?

가끔은 용기 있는 일도 한다. 페루 마추픽추에서 일이다. 작은 봉우리 와이나픽추에 가야만 했다. 비가 오는 날이다. 동행한 여행꾼은 날씨 탓을 돌리며 가기를 꺼린다. 나는 가야 했다. 언제 또 올지 모르는 먼 거리이다. 당시 영어는 젬병이다. 무작정 가이드 따라나섰다. 문제는 가이드를 놓쳤다. 지금 와서 되돌아보면 어제 마추픽추를 간 코스 그대로 돌아오면 되는 일을 먼저 겁부터 먹고 당황했다. 뒤처지지 않고 먼저 나서는 용기는 좋았지만, 돌아오는 길에서 가이드 놓쳐 겁을 먹었다. 여행에서 실수는 경험이 된다. 어린아이가 넘어지지 않고 자라지는 않는다. 키가 크고, 몸무게가 늘어나는 것만이 크는 것이 아니라, 마음으로 받은 상처들이 성장에 거름이 된다. 60의 나이에는 더 배워야 한다. 하나 플러스 둘이 아니라, 셋이 될 수도 넷이 가능함을 알아야 한다. 우리는 숫자의 나이를 다 볼 필요가 없다.

여행 컨셉으로 5명이면 5명 같은 옷 입기 이벤트 한다. 청바지와 흰색 블라우스 입기다. 다음 여행에서는 흰색 원피스를 단체로 입는다. 비싼 옷을 사는 게 아니라. 저렴한 옷을 구매한다. 몇 번인가 서로 소통한다. 어울리니? 짧지 않니? 길지 않니? 등 여행을 떠남을 위해 미리 점검한다. 재미나는 여행 꾸밈이 된다. 여행의 수다는 끝이 없다. 남은 것은 사진이다. 사진 나누어 보는 재미는 여행 캐리어를 다시 꾸릴 때까지 계속된다. 여행의 수다는 심할수록 좋다. 에너지 넘치기 때문이다. 여행 수다의 주인공들이다. 주인공은 어느 장소에서든지 객이 아니라 주인이 되는 셈이다. 주인에게서

풍기는 이미지는 스스로 만들어 간다.

　행복한 여행녀로 뭉친 60 후반의 여인들에게 행복이 있으랴. 노래한다. 조직의 소속은 중요하다. 혼자 여행하는 즐거움보다 5명이 다섯 가지 이야기를 더하는 여행이 즐겁지 않을까. 수다의 폭은 넓어진다. 우리는 늘 아름다운 소리를 내는 60 후반만큼. 늘어난 나이 숫자만큼 돈 부자가 아니라 마음 부자로 여행 수다는 계속된다. 다리가 성하고 가슴이 뛸 때 우리는 행진뿐임을 알고 있다.

$$\binom{2}{}$$

산행은 곧 건강

산행은 우리에게 아름다움과 경이로움을 선사합니다.

산의 정상에서 우리는 아름다운 풍경을 바라보며,

자연의 위대함을 느낄 수 있습니다. _존 뮤어

산행은 노래다. 산행이 노래라니 뭔 말이야? 이해되지 않은 의구심으로 물을 것이다. 적어도 나에게는 노래로 들린다. 노래만큼 사람의 마음을 녹이는 표현을 찾지 못함이다. 주부노래교실에 가면 수강생 한 사람도 찌푸린 표정이 없다. 다들 기분 좋아 어쩔 줄 모르는 싱글벙글 표정이다. 강사의 유머까지 곁들이면 웃음소리는 강의장을 떠들썩하게 한다. 좋아하는 일을 만나면 먼저 몸이 알고 뇌로 전달된 도파민은 표정에 바로 나타나게 된다.

암 선고받고 산을 타며 치유되었다. 노래보다 더 좋은 즐거움을 선물로 받았다. 치유되는 산길 걷기였다. 이십여 년 전의 암은 건강에 치명타였다. 의술의 한계를 경험하는 시기였다. 산행은 나에게 생명 줄을 이어준 고마운 곳이었다. 일주일에 한 번씩은 꼭 산 간다. 산가면 게을리 걷지 않는다. 약 3km 정도는 1시간 소요이다. 빠른 남자들 수준과는 비교되지 않지만 게으름은 피우지 않는 걷기이다. 하루 8시간 정도 걷는다. 기진맥진이다. 귀가하는 버스 안에서는 완전 녹초가 되어 잠으로 피곤을 푼다. 옆 짝지는 싫었을 것이다. 산만 내려오면 잠만 자니 얼마나 재미없었을까? 웃게 된다. 산행에서 끝마무리는 정상을 가야 했다. 그래야만 산을 좀 탄 것 같다. 중간 포기하면 화가 났다. 다른 산우들처럼 정상에 서야만 했다. 오기로 꼭 정상에 서겠다는 욕심은 치유로 이어졌다.

『산의 마음을 배우다』에서 산은 곧 나의 건강 철학이 되었다. 연인처럼 사랑하는 곳이 되었다. 공부는 흐지부지 대강 하지만 산만은 그렇지 않았다. 끝을 봐야 했었다. 산우들에게 불편을 많이 주었다. 잘 걷지도 못하면서 끝까지 정상을 가려 하니 귀찮지 않았겠는가? 모르지는 않았다. 알고 있었지만, 정상은 가야만 했다. 내가 그 속에 있는 기분이다. 7, 8부 능선쯤 되면 몸은 더 이상 진행하려 하지 않는다. 산우들도 이것은 무리이다 조언한다. 열정이 없었다면 나 스스로 포기했을 것이다. 쉬자. 그만하자, 어떡하려고 그래. 난 책임지지 않는다고 겁을 주었을 것이다. 국내산에는 고산병과 같은 염려되는 일 없다. 안전에 유의하면 된다. 국내산에서는 정상에 서고자 하는 마음을 다했다. 호흡 거칠어지면 선다. 휴식도 서서 한다. 호흡이 정상 페이스로 돌아오면 발걸음은 자동으로 정상을 향해 이동하고 있다. 이러한 악취미는 계속, 반복으로 이어지면서 정상에 서게 한다. 힘들고 지친 몸은 정상에 오르자마자 신기하게도 언제 그랬냐는 듯 바로 회복된다. 언제 내가 힘들었지. 언제 내가 고통스러웠지. 오름의 지친 고통은 사라지고 바로 평안이다. 고생만큼 희열이 배가 된다. 편안한 길을 걸었더라면 예사롭게 느꼈을 몸이지만, 고생한 몸에게 고마운 것이다. 해낼 수 있는 곳에서는 포기하지 않는다. 해외 산에서 해발 높이는 고산증세로 다른 환경이다. 킬리만자로에서다. 200m 정도 남기고는 더 오를 수 없는 상황이다. 견디면 되는 일이 아니었다. 5,895m에서 욕심을 부리면 지나침이 된다. 견디기에 무리한 일은 분명 있다. 고산증세는 사람마다 다르게 나타난다. 졸음과 설사. 호흡곤란과 추위 등 견뎌 내는 의지력은 체력과도 무관하지 않지만, 나에게는 체력 한계이다. 200m 남기고 내려와야 했다. 오히려 포기가 옳은 선택이 될 때도 있었다.

20여 년 산을 다녔다. 추억 없겠는가? 고생은 얼마나 했을까. 시간 계산을 하면 어마어마한 시간을 산에서 보냈다. 나이가 들어도 산을 여전히 좋아한다. 배낭은 늘 시선이 머무는 곳에 걸려있다. 언제든 산으로 갈 준비되어 있다. 등산화 몇 켤레는 너덜너덜 해 져 신발장을 떠났다.

왜 불평하지 않았겠는가? 산 대장님이 코스를 잘못 잡는다거나, 체력은 한계인데 길 잘못 들어 더 걸어야 하는 상황에서 오는 실망감. 다리 힘 빠지지만 차를 부를 수 없는 위치에서 다시 걸어야 한다. 독도법을 잘 알지 못하는 산우들끼리 좌충우돌한다. 산길 잘 모르는 산우들끼리이면 이구동성 한마디씩 하는 길 찾기에서 혼선이 와 더 고생을 사서 하게 된다. 산 대장 있으면 다행이다. 끝없이 걸어야 하는 종주길. 주작, 덕룡산을 한 코스로는 힘들지만, 욕심으로 한 코스로 걷는다. 그리 높지 않지만, 종주 길은 쉽지 않다. 불평하였지만 악재는 아니다. 즐거운 비명의 불평이었다.

당일 산행 성삼재에서 중산리까지 지리산 종주에 들어간다. 약 33km다. 3km에 1시간 소요이면 11시간 동안 산길을 걸어야 한다. 처음 도전할 때는 10시간 소요로 종주를 마쳤는데 두 번째 종주에서는 11시간 소요로 마무리되었다. 밥 먹는 시간 제외하고는 걷는다. 능선 길은 위험하지 않지만, 봉우리마다 오르막의 호흡곤란의 상태를 경험하게 된다. 여자 둘은 있는 힘을 다해 걷는다. 다른 생각은 없다. 라이트를 켜기 전에 중산리에 내려서야 한다. 잡다한 걱정은 사치이다. 앞으로 보고 전진만이 살길이다. 무사히 마치고 중산리 식당에서 마시는 맥주 한 캔의 맛은 꿀맛이다. '해냈구나.' 안도의 성취감이다. 고생 후 나에게 주는 선물이 된다. 사람들은 "왜 하지." 왜 하는가. 스스로 답을 청한다. 노래만큼 좋아하는 이유를 말할 수 있기 때문이다.

산에서 길을 잃었을 때 황당함은 심각하다. 동네 산과 다르게 깊은 산은 가이드가 필요하다. 정선이랑 둘은 지리산 추성리 칠선계곡에서 길을 잃었다. 분명 칠선폭포까지 길이 있었는데 폭우로 길이 없어졌다. 지리산은 워낙 골짜기가 깊으니 산길 놓치면 길 찾기는 쉽지 않다. 칠선계곡에서부터 놓친 길을 찾지 못하고 있다. 오전 6시에 시작한 산행이 우여곡절 끝에 오후 4시에 천왕봉에 서게 되었다. 배고픔을 얼른 달래고 백무동으로 하산하기 시작했다. 백무동 하산 길은 돌길이라 내리막길이 편하지는 않다. 3시간 동안 준 마라톤 수준으로 달렸다. 7시 주차장에 도착한다. 식당 주인에게 택시 부탁하여 중산리로 돌아온다. 겁났지만, 겁이 없는 듯 무대책이었다.

20년 달려온 산길에서 건강을 얻었다. 지금은 병원을 가지 않는다. 정기 검진을 가지 않아도 되는 건강 상태이다. 아프다고 집에 있지 않았다. 아프다고 울지 않았다. 산길에서 고군분투였다. 한 여자의 암 투병기는 산에서 재미 보고 건강 찾는 일거양득 효과를 얻은 셈이다. 건강한 사람은 더 건강하게 하여 주는 곳이 산이다. 아픈 사람은 치유의 기회를 주는 곳이다. 산과 친하게 지내는 일은 나를 보살피는 일이다. 거기에는 위로할 자연적인 게 너무 많은 곳이기 때문이다. 멀리 가지 못하면 동네 근처 편백 숲이라도 걸어 보자. 생각이 달라진다. 산 가고 싶은 마음으로 변화된다. 왜냐하면 산행으로 건강도 얻었고 잘 놀 수 있는 공간을 찾았기에 더 소문내고 있다. 마음도 우울하고 몸도 편하지 않다. 둘 다 건강 염려되면 산으로 간다. 무리하게 산행하지 않아도 된다. 맑은 공기는 높은 정상에만 있는 것은 아니다. 숲속 길이면 이미 몸은 좋아한다. 눈에 보이지 않는 몸속 파장을 표정으로 드러내면 미소가 나올 것이다. 산으로 슬쩍 바람 피워 봄은 건강으로 이어지는 복 누림이 된다.

3

커 피 한 잔 해 요

커피는 우리의 마음을 편안하게 해줍니다.

커피 한 잔과 함께라면 우리는 모든 걱정을 잠시 잊고,

평화로운 순간을 즐길 수 있습니다. _로알드 달

"커피 한 잔 하실래요." 인사는 다정다감하게 들린다. 좋아하는 사람, 사업상 만나는 사람, 화 나서 화를 풀지 못하는 사람, 피곤하여 쉬고 싶은 사람, 일이 풀리지 않아 고민하는 사람. 비 오는 날 분위기에 커피 향기 느끼고 싶은 사람. 많은 사람이 커피 한 잔에 마음의 여유를 보인다. 커피는 만남의 촉진제가 된다.

차라면 커피, 찻잎으로 만들어진 차(茶)와, 그 외 대용 음료인 대용 차로 나누어진다. 대추차, 생강차, 율무차, 오미자 등 우리 먹거리로 차를 만들지 못하는 재료 없을 정도로 대용 차 종류는 다양하다. "무슨 차 마시고 싶

어요." 선호하는 메뉴를 묻는다. "커피 마시자." 커피 선호도는 우리나라 사람들에게 편한 음료가 되었다. 우선 편하고 간편하게 마실 수 있는 장점이 있다. 커피 마니아는 아니지만 하루 커피 마시는 양은 적지 않다. 카페인이 필요한 컨디션이 아니라 커피 한 잔 하는 시간의 공백에 대체되는 행위인 듯하다. 마시고 나면 정신이 맑아지는 느낌이다. 마신 후의 몸은 피곤이 좀 풀리는 기분이다. 커피가 간식 대체 음식 될 때도 있다. 특히 사무적인 일이나, 정신 에너지를 요하는 직업인에게 기호 음료가 된다. 계속되는 일에서 커피 마시는 일은 잠시의 휴식이 될 수 있는 시간이다. 지금은 원두커피를 선호하지만, 얼마 전까지만 해도 커피믹스였다. 하루 평균 7~10잔 마시는 동료도 있다. 피곤할 때, 추출할 때, 스트레스받고 생각을 좀 하고 싶을 때, 동료와 이야기 시간에, 식사 후에도 한잔하게 된다. 커피는 1호 기호 음료로 자리 잡았다.

커피를 좋아하는 사람들은 맛으로 평가한다. 원두의 종류에 따른 맛 평가 비율이 높지만, 로스팅에 따른 맛 평가를 하게 된다. 우리나라 소문난 매장의 커피 맛에 초점을 맞춘다. "난 S 매장 커피 맛 별로야.", "어떤 매장 커피가 맛있어." 서로의 맛 평가를 주장한다. 결론은 마시는 사람의 입맛에 좌우된다. 어려운 맛 평가보다 커피의 오묘한 맛을 즐길 뿐이다. 커피 혼자 한 잔 마실 때의 여유와 상대와의 대화 중에 커피는 만남 자리의 윤활유가 되기도 한다.

커피가 없다면 분명 다른 차로 음용될 것이다. 커피를 주원료로 삼고 다른 재료를 첨가하여 많은 종류의 커피 블랜딩을 만들어 낸다. 커피 블랜딩의 특별성은 우리에게 선물이 된다. 맛의 창조는 생활의 여유로 이어진다. 커피를 좋아하지만, 커피를 마시면 불면증을 호소하는 사람도 있다. 이들에게 디카페인을 만들어 카페인 섭취를 줄이게 한다. 커피 선생님이 생강라떼를 만들어 준다. 커피에 생강즙, 얼음을 첨가한다. 코로나19에 면역력 키우는 음료가 된다. 레몬 커피 만들어 본다. 색다른 맛의 즐김이다. "이렇게 해서도 먹네요." 음료 만드는 재료에 따라 개발되는 각종 신선한 커피 블랜딩으로 맛의 변화를 즐길 수 있다.

우리나라는 커피나무가 자라는 커피벨트 지역이 아니라 커피나무를 키우는 일은 쉽지 않다. 앞서가는 커피나무 재배자들은 강릉, 장흥, 제주지역에 커피나무를 재배한다. 이들은 노력으로 불모지였던 곳에 커피나무를 키워 커피를 생산한다. 전량 수입에 의존하던 커피를 우리나라에서 생산된 커피로 일부 마시게 되었다.

커피는 유혹의 즐김이다. 단지 마시는 음료가 아니라 잠시 휴식이 된다. 반복적인 일에서는 스트레스를 받을 것이다. 잠깐 쉬는 시간을 주는 것이다. 이때 커피 한 잔은 피로를 푸는 회복제가 된다. 작업장에서 계속 일을 하고 있다. 누군가 "커피 한 잔 드릴까요." 귀가 번쩍 뜨인다. 감사한 마음이다. 누군가 관심을 받고 있구나. 누군가에 사랑을 받고 있구나. 의식하게 한다. 커피는 단순 음료가 될 때도 있지만 서로의 소통이 된다. "커피 한 잔 해." 하면 "아니 오늘 벌써 다섯 잔째야."라고 답한다. 커피가 없는 곳이 없다. 여행 중 휴게소 들리면 커피는 기본이다. 친구는 휴게소에서 갓 구운 호두과자에 커피를 곁들이는 맛을 늘 자랑한다. 행복해한다. 커피로 이어지는 많은 이야기는 좋은 수다가 된다. 사랑이 없으면 세상이 아름답지 않을 것이다. 커피가 없으면 삭막하지 않을까? 삶에 유익을 주는 것은 우리가 추구하는 바이다. 이롭지 않은 것은 버리고 좋은 점은 우리가 지향하게 된다. 커피를 과하게 마실 때 건강을 해치지만 적당한 커피는 유익한 점이 더 많기 때문이다. 커피의 향과 맛에 취해 본다. 단지 마시는 음료가 아니라 커피와 함께 나누는 삶을 더 중요시한다. 삶에 적용해 본다. 향과 멋. 여유와 나눔. 감사와 배려로 이어지는 생활에 커피는 고마운 음식이 된다. 하루도 커피를 마시지 않고 넘어가는 날은 없다. 마시는 커피에 의미를 두는 감각도 나쁘지 않다. 커피 마시는 일이 일상이 된 이유다. 커피 한 잔의 장점이다. 마시는 순간을 즐긴다. 마시는 시간 동안 휴식 시간이 될 수 있다. 소통의 시간을 가질 수 있다. 상대방을 대접하는 시간이 될 수 있다. 커피 한 잔 대접하면서 어려운 부탁 해 볼 수도 있다.

　세상이 변화되니 로봇이 커피를 주문받고 판매한다. 메뉴얼대로 커피를 주문받고 결재하고, 기다리면 로봇손이 창구에 내민다. 커피를 로봇이. 더 보급되면 수다 떠는 친구와 마시는 것이 아니라, 로봇과 같이 마실 수도 있을 것이다. 로봇의 감정보다 로봇이 하는 손놀림에 익숙해지면 커피를 마실 것이다. 어떤 세상이 와도 우리는 커피 애호가일 것이다. 커피가 있는 장소에서 일어나는 에피소드들이 커피와 일상이 되어간다. 종일 커피를 마시지 못하면 뇌에서 '커피 주세요.' 중독증이 커피를 찾을 것이다.

커피를 편한 대로 즐기는 것이 아니라, 커피문화를 만든다. 커피 가격이 저렴한 것이 최고가 아니라, 커피와 연계되는 분야에도 투자하는 것이다. 우리나라 청장년은 아주 명석하다. 젊은이를 커피 생산지로 보내어 공부하게 한다. 우리는 아직 생산량이 약하다. 청년들은 커피에 유망주가 되는 것이다. 해외에서 우리나라로 커피 투어를 오게 하는 것이다. 영국의 홍차처럼 우리 것으로 만드는 작업을 하는 것이다.

'커피 한 잔 해요.'라는 문화는 "스타벅스" 상호를 만든 미국이 아니라, 우리나라 제2의 브랜드를 통해 만들어야 한다. 진정한 차 한 잔 나눔은 우리의 수익과 문화가 되지 않을까? 커피는 우리의 사업파트너가 될 수 있다. 생활 윤활유 역할을 하는 음료에 사업성과 커피 애찬 그려본다. 커피는 일상의 음료로 자리매김했다. S 매장 커피 마시려 모이는 것보다 우리나라의 커피 판매장 'K 코리아'는 어떤가? 우리 젊은이들에게 기대해 본다. 커피 마시려 가는 'K' 매장 발굴은 우리 몫이다.

4

오늘도 커피숍에서 논다

'커피숍은 커피 한 잔으로 나의 공간이 된다.

시간을 낭비하는 곳이 아니라, 의미 있는 시간에 투자한다.'

늦은 나이에 커피숍에서 일하고 있다. "알바 하시는 거예요?" 손님이 묻는다. 대표이지만 일을 더 많이 한다. 화장실 청소부터 바닥 청소까지. 테이블 닦기, 먼지 청소까지 쓰레기 버리기까지 잡다한 일을 다 한다. 계산대에 서게 되면 고객에게 서비스 정신으로 최선을 다한다. 조금 불친절하면 손님이 찌푸리게 된다. 커피숍에서 일어나는 모든 일을 완벽히 소화해 내어야 한다. 그중에 계산대 보는 일 쉽지 않다. 우리나라 카드제도에 따라 포인트 지급, 통신사 포인트, 회사에서 제공하는 포인트 적립하기 등 포스를 완벽히 이해해야 한다. 힘을 요하지 않지만, 정신적인 스트레스가 많은 곳이다. 아르바이트생의 근무 시간 짧지만, 대표는 하루 종일 서 있어야 한다. 직접 운영해 보면 커피숍 운영이 결국 쉬운 일은 아니다. 그런데도 몇몇 여성들은 커피숍을 운영하고 싶어 한다. 적성에 맞는 일이면 극복하면 된다. 어느 직장이든 직업적인 문제 있다. 전문성을 키워 자기만의 기술을 발휘한다면 직업의 긍지를 갖지 않을까 한다. 나름 커피숍은 여성들에게는 작업조건에 그리 나쁘지는 않다.

60대에 커피숍을 하고 있다. 특히 나이 드신 손님은 커피숍을 들어서면서 먼저 얼굴을 빤히 본다. 미심쩍은 표정이다. 속으로 "당신이 주인이야?"라고 말하는 모습이 보인다. 모르는 척, 친절한 인사와 표정으로 대한다. 비슷한 나이이다 보니 주문이 느리다. 음료 메뉴도 잘 알아보지 못한다. 커피 가격에서부터 비싸다는 얼굴이다. 젊은이들 순발력 대단하다. 빠른 속도로 주문하니 오히려 확인을 다시 하고 주문을 받는다. 젊은 층들이 받아들이는 흡수력은 감탄할 만하다.

순발력에서 세대 차이가 보인다. 잘 변화되지 않는 게 나이 든 세대다. 거부보다 나이 듦을 받아들이는 것이 편하다. 차이를 보려고 하지 않지만, 눈에 보인다. 일단 시끄럽다. 소리가 크다. 조곤조곤 이야기하지 않는다. 얼마 전까지만 해도, 동네 커피숍이지만 공부하는 학생이나, 노트북으로 일하는 손님이 많았다. 요즈음은 뜸하다. 오히려 소리 높여 이야기하는 부류 층이 많아진다. 코로나19 이후로 커피숍 문화는 변화되어 가고 있다. 모든 사회 문화는 코로나19로 변한 모습이 보이는 듯하다. 좋은 모습으로 변화되었으면 하는 마음이다. 책 읽는 커피숍. 서로 배려하여 방해되지 않는 곳으로 자리매김하면 좋겠다.

커피숍이 좋은 이유는 손님의 취향과 손님의 품격을 볼 수 있어서다. 다양성을 보고 배운다. 몇 분이 오시면 커피를 손님 숫자대로 주문하지 않는다. 다른 커피숍에서는 손님 수대로 주문한다. 한 잔씩 다 마시고 싶지 않아도 주문하게 한다. 낭비될 때가 있다. 경험한 바가 있으니 우리 커피숍 손님들에게는 인원수대로 커피 주문을 권장하지는 않는다. 계모임으로 오는 나이 든 어머니 손님들 7명 정도 오면 세, 네 잔 정도 주문한다. 여유 잔까지 준비하여 생글 웃으면서 주문한 음료를 테이블까지 배달하는 서비스를 한다. 기본 4시간은 머무른다. 세상 사는 이야기, 자식들 이야기, 건강 이야기. 시간을 다 채우고 간다. 편하게 봐 준다. 주머니 사정보다 마음이 먼저인 커피숍이 되고 싶다. "우리 매장은 인원 수대로 주문합니다." 말하지 않는다. 하루 냉방비는 손님과 상관없이 켜 두어야 하는 사정이니, 이익이니 손해를 따지지 않는 게 편하다. 나이 든 동년배를 이해하게 된다.

동네 커피숍은 동네 소식을 들을 수 있다. 남자 두 분은 술 드시고 꼭 와서 커피를 드시고 간다. "미안합니다." 연속 인사를 하면서도 목소리는 자동 고음이다. 듣지 않으려고 해도 들리는 아저씨들 집안 이야기, 직장 이야기, 이런저런 이야기 들린다. 사람 사는 게 다 비슷하구나. 특별한 것이 없어. 들려오는 이야기를 그만 듣고 싶어 "언제 가시는 거예요." 말하고 싶어지지만 말하지는 않는다. 손님이니까. 손님 없을 때는 책 보고 친구 불러서 수다 떨기도 한다. '오늘 종일 커피숍에 있어. 커피 마시려 와라.' 친구들 모임터가 되었다. 친구들과 근교로 나갈 일이 있으면 집합 장소가 되었다. 모임 후 커피 한 잔은 나의 아지트 커피숍이기에 가능하다. 친구나 지인이 오면 커피 무료 대접을 많이 한다. 사업상은 실패이지만, 친구에게 커피를 돈받고 팔기는 싫었다. 60에 하는 커피숍은 여유를 부리고 싶다. 쉬어 가는 편안한 곳으로 제공하고 싶다. 비즈니스는 제로이지만, 그 장소가 있으므로 친구나 지인이 편리했으면 좋겠다.

우리의 삶도 그러하기를 바란다. 하루 시간 동안 커피숍에서 일어나는 일들이 하나하나 소중하면 버릴 것 없다. 흡연실을 들락거리는 젊은 여성을 봐도 밉지는 않지만, 부모 마음으로 편한 마음은 아니다. 젊음이 예쁜데, 몸에 좋지 않은 흡연이라니 억지 이해하려고 한다. 지금은 각자의 개성 시대이지만 젊음을 낭비하는 모습은 보기 좋지 않다. 젊은이들이 보기에는 꼰대로 보이지만 젊음을 낭비하는 일에는 화가 남이다. 왜냐하면 지나고 보니 젊음은 순식간에 지나가고 노년이 되어 돌아보게 됨이다. 각기 다른 계층의 손님들과의 무언의 분위기는 커피만 마시고 가는 장소가 아니라, 사람들의 집합 장소가 된다. 이야기를 쏟아 내는 곳이다. 내가 커피숍에서 하는 일이 즐거운 것은 커피도 팔고 간접경험 이야기도 듣는 일이었다.

이야기 듣는 장소로 커피숍만 한 곳은 없다. 들으려고 하지 않지만, 이야기 들린다. 손님의 이야기를 오른쪽 귀로 듣고 왼쪽 귀로 흘려보낸다. 커피숍을 그만두었다. 코로나19 영향도 한몫을 했다. 테이크아웃은 가능한데 매장 안에서는 마시지 못하게 한다. 커피 한 잔 값이 4, 5천 원하는데 커피숍에서 마시지 못하게 하니 손님이 오지 않는다. 아르바이트비와 가게 유지비를 감당하지 못한다. 정부에서 소상공인 지원책이 있지만 도움 되지 않는다. 수익이 없다. 문을 닫을 수밖에 없다. 편하게 운영한 커피숍 경영에 타격이 온 것이다. 갈등이 생긴다. 그만두어야 하느냐 아니면 조금 더 견뎌야 하는가? 우리의 나이 예순하고 일곱은 커피숍을 그만두는 쪽으로 결론을 내렸다. 이제는 커피숍이 아섭다. 직접 운영하던 커피숍과 손님으로 찾아가는 커피숍과는 기분이 다르다. 무슨 일이든 둘 다 좋을 수는 없다. 육체적으로 편하지만, 커피를 덜 마시게 된다. 무료로 친구와 마시던 커피는 이제 돈을 계산해야 하니 주머니 사정을 생각하게 한다. 커피숍에서 누리던 호황은 사라졌다. 커피도 덜 마신다. 친구와 만나는 장소가 바뀌었다. 커피 머신을 집으로 가져 와 홈 카페를 만들었다. 커피 판매장은 셔터를 내렸지만, 홈 카페에서 커피를 즐긴다. 홈 카페로 친구 부른다. 여기 작은 커피숍으로 위안을 받는다. 커피는 마시는 곳 분위기와 향을 통해 커피를 선호하는 친구들과 모임 자리로 발길을 이어 가고 있다.

마시는 곳의 의미와 좋은 사람과 나누는 커피에 작은 행복을 건져 낸다.

커피숍이든, 홈 카페이든 우리가 누리는 것은 우리 것이 된다. 커피는 일상 음료가 되었다. 커피숍 운영으로 커피와 더 가까이 다가가게 되었으며 커피에 관련 지식도 늘어났다. 커피숍 운영은 나의 일부 재산이 되었다. 직업이 그렇게 만들었다. 어떤 사유에서든지 경험은 또 다른 나의 세계를 즐기는 길이 되었다. 지금은 카페로 가게 되면 친구들이 묻는다. 어떤 음료가 맛있는가? 이것만으로도 카페 사장의 특권 누림이 아닐까? 모르는 것보다 아는 것이 힘이 된다.

5

자연풍광은 내 손안에

디지털 사진은 우리의 창의력을 자극합니다.

우리는 사진을 통해 예술적인 표현을 할 수 있고,

새로운 아이디어를 발견할 수 있습니다. _파블로 피카소

　모든 기록물, 기념일, 여행 사진 등 카메라는 사람들에게 기억을 남기고 자료를 모아 주는 필수품이다. 카메라 개념은 실물을 그대로 복사하여 둔다는 의미이다. 편리함이 핸드폰에 저장된 것이다. 획기적인 산업의 발전은 스마트폰을 가진 모든 이들에게는 환호다. 스마트폰 사진은 현장의 매개체이다. 카메라처럼 휴대하기에 불편하지 않다. 손에 늘 쥐어져 있다. 손에서 멀리 떨어지지 않는다. 순간순간 현장의 증거가 된다. 카메라 기능으로 갤러리에 저장되는 아주 편리한 사람의 창조물이 되었다. "코닥 필름"을 기억한다. 20, 30장 현상하면 2~3만 원 지출된다. 현상 요금 부담도 적지 않았다. 사진을 보관하는 갤러리에는 그대로 보관되어 있다. 사진 앨범이 되어 언제든 볼 수 있다. 과거의 추억들을 다시 볼 수 있는 저장 공간으

로 사진 관리에 편리함을 누구나 활용하고 있다. 스마트폰 사진의 편리함은 사진과 더 가까워지는 기술 발달의 혜택인 셈이다.

이제는 수동카메라를 전문으로 하는 작가 팀과 스마트폰 사진을 전문으로 하는 사진작가들로 나뉠 정도로 스마트폰 카메라의 매력에 빠지게 되면서 스마트폰 성능을 인정하게 된다. 스마트폰 사진 찍는 기술 발달과 더불어 사진 활동 영역은 넓어졌다. 산행을 시작하면서 자연에 반한 볼거리들이 많다. 카메라를 어깨 메고 다녔다. 찍고 싶은 소재들이 무궁무진하다. 계절 따라 피는 야생화는 물론이지만, 경치 좋은 곳에서 산우들 사진을 찍어 주고 싶어진다. 놓칠 수 없는 것을 카메라에 담는 호사를 누리지만, 얼마 가지 않아 카메라 무게에 손은 든 것이다. 더는 들고 다닐 수가 없다. 카메라 무게에 목 디스크도 걱정이다. 오르막의 힘든 코스에서 카메라 무게는 감당하기가 어렵다. 산행 시간이 하루 평균 7, 8시간 걷거나, 아니면 보통 5, 6시간을 걷게 된다. 무게는 무릎 손상까지 이어진다. 유격대원 수준이다. 나로서 도저히 감당할 수 없는 체력 소진이었다. 방법을 바꾸기로 한다. 편리하고 간편한 스마트폰 사진 찍기이다. 편리함에 놀란다. 스마트폰 화질에 대하여 논하지만, 무릎에 무리를 주지 않는 것이 긴 산행을 위한 나의 선택이다.

스마트폰으로 출사를 따라나선다. 간단하기에 소홀함도 보인다. 우리는 수고에 비례함을 알고 있다. 고생한 만큼 보람은 그들 것이 될 수 있다. 왜 그들을 따라 하지 않는가 질문 할 것이다. 이유는 다른 곳에 있다. 잘 찍는 사진보다 자연풍광을 찍고 싶다. 시시때때로 변하는 우리 모습. 주변을 찍고 싶다. 카메라 휴대는 성의를 보여야만 하지만 스마트폰은 늘 손에 들려 있으니 따로 그 순간을 놓칠 염려가 없다.

스마트폰 찍는 기술보다 감성을 찍고 싶다. 먼저 구도를 보게 되지만 이 사진에서 전하고자 하는 것은 무엇인가. 표현이다. 자연이 주는 너그러움에 사람의 마음을 담고 싶음이다. 겨울 새벽 출사를 나간다. 햇살이 없는 이른 새벽의 추위는 인고이다. 방한복, 스키용 장갑, 털 장화를 신어도 손과 발은 여전히 시리었다. 마스크를 끼지만 추위는 몸을 들썩거리게 한다. 핫팩으로 추위를 덜지만, 효과는 그리 높지 않다.

산자락을 메우는 안개에 태양이 빛을 내고 오름을 준비하는 시간은 사진에서의 순간 포착이다. 여러 장을 계속 셔터를 누른다. 눈으로 보는 풍광은 환호이다. 자연이 주는 풍광을 다 보지 못한다. 계절에, 시간에 맞는 순간을 기다리는 작업이다. 순간은 멈춤이 없다. 다만 그 찰나를 마음에 담음이다. 사진으로 표현되지만 조금은 부족함으로 위로를 준다. 감사를 배우게 된다. 추위는 잠시 이 순간을 위해 반납한다. 참을 수 있는 이유는 따뜻한 곳으로 이동할 다음이 있기에 지금을 소중하게 여기게 된다. 호반의 추운 겨울에서는 흔히 보지 못하는 자연풍광을 볼 수 있다. 이른 아침, 해 뜨기 전의 짧은 시간이 아니면 볼 수 없는 자연의 순리이다. 스마트폰으로 순간순간을 다 담을 수 있다.

사물을 바라보는 위치에 따라 다른 각도를 내어 준다. 자연의 무궁한 시선의 초점은 사진예술에 커다란 선물이 된다. 기술과 기법과 감성의 삼위일체이다. 한 가지라도 부족하면 칭찬받을 수 없는 사진이 된다. 완벽하지 않더라도 사진이 주는 의미는 찍어 둔 사진이다. 이론적인 사진도 좋지만, 자연이 변하는 시간대의 여러 현상들을 모으고 싶다. 사진 실력의 인정보다, 자연이 주는 섬세한 부분들을 보고 싶다. 출사 때 찍어 둔 사진들에 정감은 자연이 주는 선물이다. 거기에 살짝 인물이 미소 짓고 있다면 사진은 더 간직하고 싶다. 살아온 이야기들이 거기에 들어 있기 때문이다. 카메라에서 스마트폰 사진으로 가벼워짐이 나쁘지 않다. 카메라는 카메라대로, 스마트폰 사진은 스마트폰 사진대로 각자의 할 말을 표현하기에 비교하지 않는다.

카메라를 두고는 스마트폰 하나로 여행을 간다. 마음대로 찍고, 마음이 가는 사진은 남긴다. 친구들 추억 사진을 남겨주는 일은 보람이다. 시간이 지나면 바래지는 기억을 다시 볼 수 있는 이점은 사진만이 가지는 매력이기 때문이다. 돌아와서 추억을 보여 주게 되면 여행코스를 되돌아보면서 또 떠나고 싶은 매력에 빠지게 된다. 망각을 사진에서 보상받게 된다. 스마트폰의 카메라. 이제는 필수품이 되어 내 손에 늘 안겨있는 이 선물을 잘 활용하려 한다. 개인적인 SNS 활동에 필요한 도구다. 사용 빈도가 높아질수록 우리의 즐길 기회는 많아진다. 주어진 것에 노력을 더 한다면 스마트폰 활용도 높아져 사용 용도도 늘어나게 된다.

여행이 시작되면 돌아올 때까지 스마트폰 카메라는 손에서 떨어지지 않는다. 사진은 오만가지를 담아 돌아온다. 풍광은 물론, 우리 표정까지 담아온다. 버릴 것도 많지만 고르는 재미도 있다. 파종할 때 씨앗이 필요하듯 선별된 휴대전화기 사진은 갤러리 저장장소에 보관되어 계속 꺼내보게 된다. 60은 심심할 시간이 없다. 스마트폰 카메라도 하나의 놀잇감이 되었다. 우리는 기기 활용을 하나씩 익히는 것이다. 세상이 다르게 보인다.

6

더디지만 따라가는 메타버스행 사고

메타버스형 사고는 우리가 현실과 가상의 경계를 넘어

새로운 가능성을 탐색하고, 새로운 경험을 만들어 나갈 수 있게 해 줍니다.

_레이 커즈와일

메타버스(meta-verse)의 활용은 어디까지 갈 것인가. pc와 모바일로 아바타를 통해 경복궁을, 프랑스 루브르박물관을 다녀올 수 있다. 여행 좋아하지만, 직접 가지 못하는 사정으로 기대되는 IT의 획기적인 발전이다. 그런 게 어디 있어. 머뭇거리고 있는 동안 이미 출시되고 적용되었다. 가상 여행의 보편적 혜택은 직접 가 보고 싶은 곳을 가지 않아도 되게 만들었다. 영상으로 더 상세히 접근하여 볼 수 있는 첨단기술의 혜택이다. 비행기를 못 타는 친구 있다. 아예 유럽 여행은 꿈도 꾸지 않는다. 수면제를 먹고 동남아 정도로 여행을 꾸린다. 직장인은 시간이 없다. 나이 든 어르신들은 건강이 문제가 된다. 경제적 부담이 될 수도 있다. 이런 여행의 조건을 가상 여행 플랫폼이 여행의 갈증을 덜어 주게 된다는 뉴스라니. 어디까지 이런 시스템 활용이 가능할까? 멍하여지기까지 한다.

〈용의 출현〉 영화에서 그래픽의 사용은 입이 벌어진다. 분명 해전인데, 물 한 방울 묻히지 아니하고 촬영한 기술력은 컴퓨터의 이용 가치는 무한함을 알게 된다. 100년을 두고 변한 산업사회와 달리 요즈음은 몇 개월 시간을 다툰다. 따라가기 바쁜 사회변화이다. IT의 발전이다.

2014년에 대학을 입학했다. 과감한 도전이었다. 아날로그 세대인 나의 도전이었다. 대학 오리엔테이션 시간이다. 컴퓨터 앞에 학생 한 명씩 앉았다. 모든 정보를 작성하는 시간이다. 입학원서를 내고 합격통지서를 받는 절차이다. 확인 정보를 요했다. 답답하다. 컴퓨터 사용을 실감하지 못했다. 예사롭게 생각했다. 꼭 컴퓨터를 해야 하나? 반문하는 건방을 떨면서 종이와 책을 더 선호하는 고집을 피웠다. 총무가 된 젊은 학생의 도움으로 난감한 상황을 잘 해결하였지만, 무지했던 상황에 웃음이 난다.

이미 신세대의 세대들은 앞서가는 사고로 정보를 누리고 있었다. 편한 세상으로 이미 입장한 것이다. 알고 사는 것과, 모르고 사는 것의 차이를 거부하는 기성세대의 사고에서 벗어나지 못하고 있었다. 대학에서도 여전히 급류에 섞여 흘러가고 있었다. 내 속도를 찾지 못했다.

스마트폰으로 일을 처리할 수 있는 기능을 배우게 된다. 정보화 시대에 합류하게 하였다. 여행할 때 먼저 목적지가 정해지면 항공권을 알아보게 된다. 이제는 여행사에 문의하지 않아도 된다. 직접 항공 티켓을 구매하게 된다. 옛날에는 여행사에 수수료를 주고 구매한 항공권이다. 제주도 항공권쯤은 직접 예약하기도 하며 취소도 한다. 렌터카를 스마트폰으로 직접 예약한다. 결제는 카드로 바로 대행된다. 타고 싶은 차량을 고를 수 있다. 이 모든 시스템의 스마트폰 이용은 메타버스형 사고의 진입이다.

여행코스는 스마트폰 검색이다. 검색은 나의 천국이다. 친구들과 여행 일정은 검색에서 시작된다. 출발시간에서부터 목적지 도착까지 시간 소요까지 알 수 있다. 아날로그 세대가 알아가고 있는 정보 시대 버스에 탑승한 셈이다. 이것이 나에게는 메타버스형 사고의 진입이다. 앞으로는 "옛날에 무엇을 했어."가 아니라 "미래에 내가 무엇을 할 거야."로 전환될 것이다. '교육받지 않았어. 배울 기회가 없었단다.' 핑계는 핑계일 뿐 아무런 도움이 되지 않음을 빨리 인지한다. 나이 탓으로 돌렸다. '기억력이 없어. 얼마나 쓴다고.' 미룰수록 불편함은 풍선처럼 커진다. 빨리 순응하는 게 매 맞는 시간의 기다림보다 훨씬 마음 편하게 된다.

챗봇에서 글쓰기를 묻는다. 가지고 있지 않은 정보 외에는 다 말해 준다. 다도반 차도예절사 수료식 축사 문구를 찾는데 바로 답해 준다. 신기하다. 수정해서 사용했지만, 급하게 물을 수 있는 곳이 있다니 세상은 참 편리하다. 참고할 만한 내용을 답하는 것이 신기하기도 하지만, 빠른 변화 적응 속도 문제이다. 이것 하나 배워두면 벌써 앞서가는 정보 시대다. 더디지만 따라가야 하는 21세기 정보 시대의 우리 몫이다. 다른 면에서는 알아가는 재미이다. 편리함이다. 모르면 더디지만, 알고 나면 아무것도 아닌 것이 된다. 우리는 메타버스형 사고를 원한다. 기술보다 의식까지도 메타형으로 변화시켜야 한다. 다만 옛정서의 감정은 사람만이 가지는 특혜이다. 기술과 고유의 인성으로 잘 활용하는 메타형사고의 소유자가 되는 일이 지금을 살아가는 이에게 도움 된다.

"메타버스를 타자." 생소하지만, 거부하지 말자. 합류하면서 알아가자. 필요 없다는 거부감으로 나를 옹호하지 말자. 조금 틀리고 느려도 포기하지 말자. 관련 지식의 공부에 동참한다. 우주여행이 가능한 세대에 살고 있다. 우리는 나이로 못을 박지 말자. 무조건 받아들임이다. 70이 되고 80이 되어 사고는 젊은 세대와 같지 않지만, 노력은 한다. 그것이 나의 편한 세상이 된다. 나의 노년이 된다. 메타버스는 뉴스에서 보는 현실이 아니라, 내 일상에 도움으로 만들어 가 보자. 쉽지는 않지만 주저앉아 있으면 편한 곳으로만 몸과 마음이 움직인다. 즐거운 마음으로 메타버스 정보 흐름을 즐기자. 신나는 메타버스형 사고를 만드는 것이다. 노년은 그러한 기계들, 로봇의 세계에서 놀게 될 것이다. 자식이 아니라, 로봇이 "무엇이 필요하세요." 물을 볼 것이다. 그때 우리는 답 한다. "밥 같이 먹으래."

건강만 하다면 5년, 10년 이내에 로봇이 친구가 되어 줄 것이다. 가정마다 한 대의 로봇이 상주하지 않을까? 김영하 작가의 『작별 인사』에서 최 교수는 상당히 예민한 로봇을 아들처럼 관리한다. 정작 로봇은 자신이 최 교수 친아들인 줄 알고 있다. 비 오는 날 아버지에게 우산 갖다 주려 마트에 나가다 경찰에게 체포된다. 인간표시등(휴먼을 뜻하는 'H')에 불이 없음을 알고는 경찰은 로봇 수용처리장에 넣는다. 철수는 노발대발하지만 로봇이었다. 소설 속의 이야기지만 우리는 메타형 사고의 인지를 어디까지 발전을 시킬 것인가. 인간은 과학이라는 명목을 내세워 로봇 발전에서 심화 과정까지 연구 대상으로 여기고 있다. 우리는 메타형 사고를 하되 우리의 감성과 사랑을 사람만이 가지는 예술성으로 그 모든 과학을 잘 관리하는 인간 우월주의에 한 표를 던지는 것이다. 일상의 기구는 디지털 세상으로, 사람의 감정은 사람답게, 지혜롭게 이용하는 인간만이 가지는 특권을 우리는 즐기기만 하는 것이다. 메타사고형 일상에서도 감정은 내 것. 디지털 기계화는 편리성 활용으로 센스 발휘해 보자.

어떤

인생도

늦지 않았다

5장을 들어가며

어떤 인생도 늦지 않았다.

중요한 것은 지금 시작하고, 지금 꿈을 향해 나아가는 것이다. 나폴레온 힐

시간을 아끼자. 시간 관리 잘하자. 시간은 금이다. 시간의 귀함을 알고 있지만, 다음으로 미룬다. 다음에는 시간을 허비하지 않아야지 하면서 "오늘은 어쩔 수 없어." 핑계 대면서 시간을 소홀히 하게 된다. 시간과 물과 공기는 일을 해서 버는 일이 아니다. 물과 공기는 아니지만 시간은 오늘 가면 내일이라는 생각으로 상면하게 된다. 다른 날짜이다.

막벌이 부부가 늘어나고 시장 경제 형태가 변화되면서 마트형 시장보기가 아니라, 온라인 쇼핑몰 시대이다. 나이 60인 우리 세대의 장보기는 재래시장이다. 콩나물 천원 원 치사면서 "할머니 조금 더 주세요." 할머니는 "남는 게 뭐 있어." 절대 더 주지 않으려고 한다. 콩나물 조금 더 얻으려고 콩나물 파는 아줌마랑 옥신각신한다. 시간만큼은 그렇게 하지 않는다. 절

대 10분만 더 주세요. 하지 않는다. 10분이 지나고 20, 30분이 지나도 여전히 시간에 대한 부담감 없다. 오히려 시간을 따지는 사람을 싫어한다. 시간 만큼은 태평성대이다. 오늘 못하면 내일 한다. 내일 못하면 모레 있다. 돈 버는 일에는 신경 쓰지만 시간 관리는 돈 버는 만큼 중요하지 않았다.

내일 하지. 돈 버는 일 외는 다 미루었다. 경제활동 하면서 자신이 할 수 있는 일을 미룬 것이다. 다음에 일 그만두면 하자. 지금은 아니야. 편하게 여긴다. 아직은 내 인생에 주어진 시간이 길단다. 미루고, 낭비하고 귀함을 몰랐다. 후회는 나중에 옴을 자타가 공인하지만, 예사롭게 여긴 것이다. 친구들이 말하기를 "우리 뭐 하고 여기까지 왔지." 모이면 낙담보다 낭패한 표정이다. 여기 서 있는 자신이 젊은 내가 아님에 깜짝 놀란다. 무엇을 할 수 없음에 놀란다. 걸림돌에 놀란다. 그런 사실을 젊어서는 예사롭게 들은 것이다. 만약 지금 젊은이라면 정확하게 들을 필요가 있다. 미루면 절대 손해이다. 하루, 일주일, 한 달, 일 년 결산하지만, 하루 결산은 특히 중요하다.

새해 첫날 일출 보기 위해서 일출 명소를 찾는다. 동네에서 제일 가까운 천주산을 찾는다. 새벽 5시에 출발해야 7시 30분쯤 일출을 보게 된다. 1월 1일 겨울철 새벽 5시 기온은 손이 꽁꽁, 발이 꽁꽁 견디기 힘든 추위다. 추위를 견디면서 나서는 이유는 새해 첫날 첫 다짐을 확인해 보는 시간이다. 작심삼일 되지 않기로 거듭거듭 스스로 약속하는 다짐의 시간을 몸으로 인지하게 하는 의식인 셈이다. 새해 첫날 해맞이에 충분한 유용성 두는 일에 춥고 힘들어도 지켜 낸다는 다짐의 확인인 셈이다. 일출 해맞이는 나를 세우는 실천임을 첫 새벽의 의식에서부터 일깨움이 된다. 의식 깨움의 여러 방법 중 내게 맞는 법을 찾아 나와 절충하면 시간의 개념에 나름 새해 첫 일출에서 충실함으로 나와 약속이 된다.

시간을 연금으로 만든다. 연금을 어떻게 만들까? 연금은 노인 복지 대금이다. 시간 연금은 미리미리 가상의 노후를 설계해 본다. 아직 많이 남았어. 나이 계산법, 시간 계산법은 시간 소홀히 여기며 노후의 시간은 사용할 것이 없어진다. 나에게 내리는 노후의 실책이 된다. 시간 계산법을 잘 풀어 나가는 풀이는 노후의 확실한 시간 대책이 된다. 시간 계산을 잘한 결과는 삶의 질을 높여 주는 본질이 된다. 시간을 차곡차곡 잘 쓰는 습관은 곧 삶의 성공자로 인정받게 되면 자신에게도 복이 됨을 알게 된다.

시간 잘 쓰는 법을 일찍부터 배워야 한다. 늦게 배우는 만큼의 손해를 보게 된다. 시간은 누구나 주어졌지만, 사는 방법에 따라 쓰는 계산법에 따라 완전히 다르다. "나이 숫자만큼 시간의 속도 비례한다." 시간 속도가 빠른 만큼 낭비하는 시간을 줄이면 시간을 벌 수 있다. 나이에 너무 속상하지 않아도 된다. 방법을 찾으면 된다. 나이 숫자를 적다고 아껴 쓰지 않았지만, 나이 숫자가 많은 60은 일상에서 버려지는 시간을 아끼면 된다.

시간 계산이라면 여러 방법이 있다. 먼저 목표를 상세히 세운다. 장기목표는 장기적인 시간 투자를 한다. 단기에는 단기에 맞는 시간 절충이다. 아직 시간이 많이 남았다는 요행으로 허술하게 사용한다면 임박한 시기에 도달하면 포기하게 된다. 중간 점검에 들어간다. 꾸준함으로 실행하지 않으면 계획만 세우고 결과에 도달하지 못하게 된다. 장기목표에 작은 목표를 곁들어 맞추어 나가면 적어도 두, 서너 개의 목표에 근접하게 된다. 그 과정에 시간을 계산하여 본다. 예를 들면 하루 주어진 시간은 24시간이다. 꽉 짜진 하루 시간에서 2시간 정도는 허비하게 된다. 시간 허비를 줄이는 방법으로 식당 갈 때 예약하고 간다. 식당에서 기다리는 시간을 줄일 수 있다. TV 보는 시간을 줄일 수 있다. 청소하는 시간에 TV를 켜 둔다. 지나가면서 듣는다. 한 시간 줄일 수 있다. 한 시간을 덜 자도 시간을 벌게 된다. 시간 계산법은 다양하다. 자투리 한 시간. 잠 한 시간 줄이면 벌써 2시간을 벌 수 있다. 하루 2시간은 30일이면 60시간이다. 2.5일은 번다. 일 년이면 30일을 번다. 수지맞는 장사이다. 일 년은 13개월이 된다. 팔려 가야겠다. 시간 부자는 시간이 많음이다. 건강과 시간은 삶에서 중요한 순위에 있기 때문이다.

여행을 좋아한다면, 자투리 시간 아낀 30여 일을 여행한다. 여행과 겸한 삶의 질은 스트레스받지 않으면 즐기는 시간으로 최대한 누리게 된다. 우리는 소비되는 시간이 너무 많다. 이것을 내 시간으로 만들어야 한다. 남편은 시간 낭비하는 게 눈에 보인다. TV 앞에 있는 시간 많다. 건강 하려면 잠을 많이 자야 한다면서 수면 시간이 평균 7, 8시간이다. 얼쩡거리는 시간이 많음이다. 남편에게 용돈을 받아쓰지만 시간은 얻어 쓸 수 없음이 안타깝다. 자기 몫의 시간 나눔이 없다. 용돈은 주지만 시간은 주지 않는다. 그러면 내 시간을 내가 조정한다. 선물 받지도 주지도 못하는 삶에 유일한 시간을 지혜롭게 활용하는 것이다. 그것도 노후에서가 아니라, 젊어서부터 활용하는 지혜를 빨리 깨우쳐야 많은 시간을 가지는 주인공이 되는 셈이다. 세상의 부러운 사람이 되자. 돈 부자도 좋지만, 시간 부자로 시간을 잘 관리하는 사람은 분명히 자타가 인정하는 '저 사람은 참 잘 살았구나.' 칭찬하게 될 것이다. 시간은 나를 있게 하기도 하고 그 장소에 없는 사람으로 만들기도 한다.

늦은 경제 공부

'배움은 결코 늦지 않습니다.

단지 다른 사람들보다 조금 더 오래 걸릴 뿐입니다.'

시간은 늘 있는 일상이지만 금에 비교한다. 금의 가치를 알기에 시간에 비유하면 가치를 인정한다. 금은 금고에 보관하여 두지만, 시간은 아무리 튼튼한 금고라도 보관하지 못한다. 그만큼 시간은 금과 바꿀 수 없다. 늘 가지고 있으면서 돌려주지는 않는다. 나이 드니 지나간 시간의 아쉬움은 어떻게 해명되지 않는다. "뭐 했지." 그 많은 시간이 과거가 되니 추억뿐인 아쉬운 시간이다. 젊었을 때는 더 시간개념이 없었다. 시간을 염두에 두고 일하지 않았다. 와 닿지 않으니 실감하지 않았다. 계산 없이 지나온 시간, 늦은 시간 경제 공부는 터무니없이 멀리 와 있다.

시간을 잘 활용하는 사람도 많지만, 전체 관리를 어설프게 하는 사람도 많다. 어릴 때는 형제들이 멘토지만 언니, 오빠를 봐도 아주 평범하다. 2남

5녀의 막내는 시간을 잘 쓰는 형제들의 모습을 보지 못했다. 우리 세대 친구들에게 시골에서 놀거리는 소 꼴 먹이러 가는 일이다. 소 꼴 먹게 메어 두고는 노는 일에 열심이다. 시간개념 자체가 없다. 해 지면 소 몰고 집으로 오면 저녁 식사 시간이다. 엄마는 없는 반찬이지만 저녁을 준비하여 준다. 그때는 꿀맛이었다. 맛있게 먹는다. 간식이라고는 고구마, 감자이다. 우리 집 마당에 있는 감나무 몇 그루이다. 과일이라곤 감이 전부이다. 저녁 먹은 후에는 새기를 꼰다. 짚으로 새끼를 꼬면 가마니 짠다. 그게 유일한 돈벌이의 수단이었다. 시간이 많이 남았지만, 책을 볼 생각도 하지 못했다. 60년대는 나라도 가난했고, 가정경제도 여유가 없었다. 그중 부잣집도 있었다. TV가 있는 집이다. 그 시절 TV는 한 동네에 한 대 정도이니 그 집은 영화관이 되었다. 흑백 TV가 설치된다. 저녁이면 TV 있는 마당이 있는 집에 모여든다. 유일한 오락이 되면 문화생활이 된다. 베이비붐 세대의 어릴 적 시간은 부모님 심부름 아니면 친구들과 골목길에서 놀기다.

직장생활 하면서도 여전히 시간개념 없이 지낸다. 직장 일 마치고 오면 부모님에게 괜히 투덜거린다. "엄마 피곤해. 일 시키지 마." 직장일 전부다. 다른 어떠한 일을 새로 배워 볼 생각을 하지 않았다. 여전히 시간은 주어진 시간의 순응뿐이었다. '짬짬이'라는 시간활용을 몰랐다. 일하면서 나를 위한 시간을 잡아두어야 했음을 늦은 경제 공부하듯이 깨달으며 시간 중요성을 놓친 것이다.

자영업을 하던 시기는 일이 너무 많아 일하는 시간 제외하고는 집안일과 수면이다. 밤 11시, 12시 퇴근은 다른 시간을 낼 만한 여유가 없었다. 365 일은 근무이다. 몸이 아파도 누워 있을 시간 없다. 일과 집안일. 하루 전부이다. 이런 시간에서도 시간은 여전히 틈새를 주지 않고 흘렀다. 여유 시간 없이 열심히 일했던 시기는 시간이 돈이었다. 시간이 더 있었으면 일을 더 했을 것이다. 시간은 다양성을 가진다. 시간을 허비할 수 있고, 시간이 돈이 되는 기회도 있다.

60을 넘고 보니, 왜 이리도 빨리 여기까지 왔지. 돌아보게 된다. 시간이 돈임을 알게 된다. 시간이 금이라고 얘기하면 "나도 많이 듣고 알아요." 하는 표정이다. 나도 그랬기 때문이다. 시간 경제는 시기에 맞는 때가 있다. 때를 놓치면 이익을 놓치게 된다. 하나 늦었지만 놓치지는 않아야 한다. 시간을 되돌릴 수 없지만, 지금의 시간개념에서 벗어나 더 이상 시간을 손해 보는 부실의 관리를 막아야 한다.

그나마 다행은 이제 100세 시대이다. 건강관리 잘하게 되면 30여 년을 더 살게 된다. 우리에게 주어지는 21세기의 선물이다. 조금 손해 본 시간을 보상받는 셈이다. 받을 자세여야 한다. 야무져야 한다. 부정보다 긍정적인 자세여야 한다. 지나고 나서 오는 늦은 시간 계산에서 오는 손해를 복구해야 한다. 늦었다고 포기하면 손해는 더 보게 된다. 그나마 손해를 줄이는 셈이다. 시간 건물의 복구를 재정비한다. 하루 일정을 뜻있는 일을 하나 실천한다. 오늘 그냥 시간을 보내지 않았구나. "잘했구나. 잘 살았구나."로 답할 수 있는 시간의 관리가 필요하다.

노후되니 젊어서보다 더 바쁘다. 젊어서는 돈 벌기에 바쁜 일상이었다. 이제는 나를 위한 노후대책을 세울 수 있다. 이제는 배우는 재미에 빠진 것이다. 하루를 이틀쯤 시간을 고무줄 당기듯이 당겨쓰는 것이다. 어떻게 쓰느냐 묻는다. 소비되는 시간을 줄이는 것이다. 예를 들어 산행 후 하산하면 피곤하다. 피곤을 돌아오는 차에서 피곤을 푼다. 차 안에서 자면서 귀가한다. 집에 와서는 씻고 바로 자지 않아도 된다. 그 시간 이후로 책을 보거나, 글을 쓰거나 목표한 일에 시간을 할애한다. 꼭 보고 싶은 TV 시간에 채소를 다듬든지 마늘을 까는 등 손 가는 일을 하면서 시간을 번다. 손 가는 일을 하면서 시청하게 된다. 자동차를 이용해서 갈 거리를 걸어 본다. 운동시간이다. 걷기 운동하러 나가는 시간을 절약하는 것이다.

60의 나이에는 경제행위에 손익을 계산하지 않는다. "나"라는 운명체에 둔다. 이익을 따지지 않는다. 손해를 보상받으려 하지 않는다. 지나간 시간은 돌릴 수 없다. 탓하지는 않는다. 지금이다. 앞으로 중요성에 두기에 지난 시간에 왈가불가하지 않음이다. 지금에 맞는 계산법 적용이다. 그저 챙기고 보듬고 위로하고 아끼는 시간을 달래게 된다. 오늘 하루를 감사히 여기며, 웃을 수 있으면 된다. 욕심은 늦은 시간 계산법에서 마음의 병이 될 수 있다. 늦은 시간 경제 공부를 탓하지 않기로 한다. 더 손해 보는 계산이 나오기 때문이다. 이처럼 지난 시간을 애달프다 하지 않는다. 거울삼아 지금은 허비하지 않아야 한다. 이게 지혜가 된다. 불평은 아무런 도움이 되지 않는다. 누구나 지금이다. 촉각을 세우고 주어진 시간에 감사와 앞으로 시간을 허비하지 않고 잘 활용하는 자세이다. 지금, 여기를 주시하게 된다. 늦었지만, 점검할 수 있음이 다행이다. 버스는 떠났지만, 기차를 이용하면 된다. 아니면 승용차로 갈 수 있다. 우리는 다른 방법을 찾는 것이다. 한 가지 길만 있는 것 아니다. 지금부터 출발이다.

$$\text{2}$$

몸은 곧 나의 재산 1호

> 건강은 가장 큰 재산이다. 건강을 잃으면 모든 것을 잃는다.
> 그러므로 건강을 최우선으로 생각하라. _토마스 제퍼슨

우리 몸은 육체와 정신으로 이루어져 있다. 두 종류 권한에 늘 빠듯하고 조정하기 바쁘다. 정신이 지배하려면 몸이 말을 듣지 않는다. 몸이 일을 하려고 하면 정신이 방해를 놓는다. 몸과 마음이 다 좋아하는 일을 하는 게 쉽지 않다.

50대에 7대륙 최고봉인 탄자니아 킬리만자로 등정하였다. 국내산 타는 정도의 실력으로 5,895m 도전이었다. 가이드는 바로 정상을 향하는 게 아니라, 산장에서 고산증세 적응하면서 천천히 오르니 너무 겁먹지 않아도 된다는 말로 각인시킨다. 그때의 컨디션으로는 할 수 있겠다는 도전 정신은 젊음이었다. 아프리카 탄자니아까지 거리와 경비, 시간 등 여러 가지의 사항을 고려할 때 쉽지 않은 결정이다. 누구나 좋아하는 일, 가고 싶은 곳

이 있으면 마음부터 들뜬다. 가지도 않았는데 정상을 다녀온 사람처럼 감동에 들뜨기도 하였다. 문제는 고산증세이다. 고산에서 오는 여러 종류의 신체적 변화이다. 5,000고지가 넘는 산이다. 전문 산악인 아니면 감히 도전하기 힘든 코스이다. 그나마 킬리만자로는 고산병이 염려되지만 오르는 길은 완만하다. 산장에서 하루씩 고산병 적응을 위해 머무른다. 오르는 준비 과정 트레킹은 행복 루트가 된다. 탄자니아 어느 산장에서든 조용필의 〈킬리만자로의 표범〉을 듣는다. 폭풍전야의 평화로움의 즐김이다.

키노 산장에서 밤 12시 30분 출발이다. 정상에서 일출을 보기 위한 시간 프로그램이 계획되어 있다. 도전할 용기 없으면 진행할 수 없는 상황이 일어난다. 육체적 고통은 한계를 넘는다. 내 의지로는 인내할 수 없을 만큼 통증이 일어난다. 눈은 감겨 앞을 볼 수 없다. 졸음이 고산병 일종인 듯하다. 마음은 가야 했고 몸은 5,600고지에서 멈춤을 강요했다. 더 진행했을 때 어떤 신체적 불상사가 일어날지 모르는 상태이다. 산소통도 준비하지 않았다. 안내자도 더 이상 진행하지 못하게 제재한다. 마음으로는 포기할 수 없다. 몸은 압박으로 신체적 변화를 일으킨다. 몸의 변화는 경험해 보지 못한 증세다. 가슴압박은 심각한 수준이다. 이때 몸의 신호를 듣지 아니하고 더 올랐으면 어떠하였을까? 두 가지 답이 나온다. 하나는 쓰러지는 지경까지 갔을 것이다. 하나는 힘들었지만 다녀왔을 것이다. 전자에 답을 한다. 아마 몸이 혼났을 것이다. 몸이 더 중요함을 일깨웠을 것이다. 몸이 우선이었다. 몸에서 나오는 신호에 손을 들어주기로 한다. 200m 정도 남기고는 셸퍼의 의견으로 정상까지는 무리이니 내려가자는 몸짓한다. 더 이상 진행하지 못하고 발길 돌리는 마음은 실망이다. 또 언제 올 것인지. 다시는 또 오겠냐는 물음에 아쉬움은 더 컸다. 늘 가슴에 남아 있는 우후루 피크까지는 다녀오지 못함이다. 한편으로 거기까지만이라도 갈 수 있었음이 다행이지 않나. 정상에 오르지 못함을 비교하지 않기로 한다.

암을 앓고 나니 몸이 재산이었다. 몸을 혹사한 대가를 알게 하여 주었다. 아픔과 도전은 다른 개념이다. 소중한 재산 1호인 몸을 보호하기 위해 악조건을 이겨 내는 몸을 테스트하는 것이다. 어려운 환경을 견뎌내는 강인한 체력과 정신을 기르려고 했지만, 지나친 운동은 오히려 소중한 것을 놓치는 결과를 만들 수 있다는 약한 모습으로 받아들임을 하게 된다. 몸은 통증의 고통으로 호소한다. 몸의 말을 듣자. 지나침이 화를 부르게 됨을 겸손히 받아 들어야 했다. 킬리만자로에서 정상에 서지 못했지만, 도전 정신은 그런대로 괜찮지 않았나 변명하게 하였다.

건강을 유지하면서 몸을 아끼는 주위 지인들도 많다. 참 지혜롭다. 몸이 건강해야 무슨 일이든 하지. 몸이 아프면 무엇이든 귀찮아지며, 통증으로 살아갈 맛이 나지 않는다. 산 멤버로 활약하는 78세 언니는 80세에 지리산 천왕봉을 오르겠다는 의지를 우리에게 말한다. "언니 2년 앞에 가요. 80은 늦다. 그때 못 가면 아쉬우니 미리 다녀오자." 의견일치로 진행한다. 1박 2일 일정으로 중산리에서 숙박하고 아침 8시경 주차장에서 셔틀버스 이용으로 학습원까지 이동한다. 지리산 천왕봉으로 출발한다. 언니 보폭으로 봐서 산행 시간을 열 시간 정도 계산한다. 산을 잘 타는 사람은 예사롭게 보겠지만 10시간 산행은 무리다. 그나마 언니는 2, 30년 산행으로 다져진 몸은 10시간 소요로 마무리하게 된다. 언니는 일흔여덟이지만 몸이 받쳐주니 천왕봉을 올랐다. 포기하지 않고 정상에 섰다. 언니는 여러 마음이었을 것이다. '이게 마지막 천왕봉인가. 산 인생길 뒤돌아보는 시간이었을 것이다.' 흐뭇함과 허전함으로 마음 흔적 남기는 의식을 가슴에 담았을 것이다. 언니의 의지력과 체력은 스스로 다듬고 가꾸어 온 것이다. 우리도 덩달아 팔순 잔치를 미리 즐긴다. 건강하기에 가능한 언니의 버킷리스트를 하나 완성해 내는 것이다.

형부는 월남 참전용사이면서 지역에서도 인심 잃지 않고 이웃과도 잘 지내는 동네 유지다. 정치를 걱정하고 나라 걱정을 많이 하는 애국시민인 셈이다. 월남전 이야기가 나오며 끝이 나지 않는다. 파병 생활 마치고 돌아와서는 농사로 자수성가한 김해 시민으로 잘 살고 있다. 교통사고로 머리를 다쳤다. 며칠 동안 의식 있지만 상태는 심각하다. '이를 어쩌냐.' 깨어나지 못하여 마음 졸였지만, 의료진과 가족 정성으로 깨어났다. 장기간 치료를 받고 퇴원 후 생활하지만, 신체적으로 정상은 아니다. 일흔의 나이이지만 아주 건강하였다. 교통사고로 개인의 노후가 편치 않게 되었다. 몸은 일상의 도구이다. 아프지 아니하고 건강한 상태여야 정신이 바로 서게 된다.

건강한 육체에 건강한 정신인가? 아니면 건강한 정신에서 건강한 육체인가? 닭이 먼저냐? 달걀이 먼저냐? 하는 논쟁은 스스로 판단한다. 몸은 삶에, 일상에서 높은 퍼센트를 차지하는 것은 사실이다. 암이 치유되니 제2의 인생을 사는 듯. 고속도로를 달리고 있는 셈이다. 건강하니 못 할 것이 있는가. 예순하고 일곱 되어 보니 건강이 재산 1호가 된다. 100세까지 갈 수 있는 아주 기본이 되는 필수조건이다. 아프면 아무런 일을 할 수 없다. 자식들도 늘 아픈 부모를 좋아하지는 않을 것이다. 무엇보다 스스로 삶이 우울해진다. 삶의 질이 떨어지는 악조건이 된다. 재산 1호인 몸은 내 탓이 되지 않게 건강부터 챙기는 일에 우선 되어야 한다.

스틱을 산악회 친구 넷이 같이 구매했다. 셋 친구는 아껴 쓰고 잘 관리하여 쓰는데, 혼자 다시 사야 했다. 무엇이 문제인가. 바위를 오를 때 스틱이 필요하지 않을 때 있다. 그때는 던지기도 한다. 조심스럽게 물건을 잘 다루어야 하지만 조심스럽게 다루지 않는다. 아끼지 않고 마음대로 다루면 상처를 입는다. 던지고는 지나와서 줍는다. 던질 때도 조심성 있게 던지는 것이 아니라, 생각 없이 던진다. 물건이라서 말이 없지만, 생명체이면 아프다고 소리칠 것이다. 우리 몸도 마음대로 다루고 마음대로 던지면 신호를 보내게 된다. 몸은 재산 1호다. 나라에는 국보가 있다. 나라에서 국보를 정성으로 관리한다. 몸은 나의 재산 1호를 예사롭게 다루지 않는다. 몸은 내 일상의 기본이다. 기본을 잘 지키는 일은 다른 일도 잘할 수 있음이다.

할 일이 없지 않다

할 일이 없는 것이 아니라, 할 일을 찾지 못하는 것이다.

열정과 재능을 찾아라. _스티브 잡스

예순에 할 일이 무엇인가? 묻는다. 고개를 기우뚱한다. 아웃풋을 한 사람과, 인풋만 한 사람과의 차이는 난다. 늘 일상적인 일에만 열중했다. 가족들 의식주 생활에 많은 시간 비중을 두었다. 나이 드니 앞으로는 무엇을 하지? 할 수 있는 게 뭐지. 고민하게 된다. 손에 잡히는 게 없는 안타까운 일이 현실이 된다. 누군가 "꿈이 뭐예요." 묻는다. "세계 일주가 꿈입니다." 대답은 입에서 바로 나온다. 세계 일주가 꿈이라 대답하면서 준비는 하지 않는다. 세계 지도상 각 나라의 특색, 위치 공부, 여행경비 해결 문제, 언어 소통 문제 등 아무런 준비를 하지 않는다. 꿈은 야무지게 말하면서 실행은 없다.

20대에 음악 소질과는 상관없이 나이 들어 피아노 개인지도 하면서 노후에 살 거야. 야무진 꿈을 꾼다. 꿈을 마음에 새기고, 피아노를 사고 레슨을 받기 시작한다. 얼마 지나지 않아 핑곗거리 생기니 레슨은 뒷전으로 밀려난다. 지금은 직장 다니는 일이 급선무이다. 레슨은 그리 바쁘지 않다. 40여 년이 지났지만, 소장용으로 호루겔 피아노만 거실에 버티고 있다. 그 일은 60이 되고도 해결되지 않았다. 말만 하는 꿈이었다.

"독서가 취미입니다." 책 읽는 게 취미라고 말하고는 책은 책장에만 꽂혀 있다. 읽지 아니하는 소장용이 된다. 열심히 읽지 않으면서 취미라고 말하는 이유는 앞으로 읽을 것이라는 나와의 어설픈 약속인 셈이었다. 어쩌면 책을 읽고 싶은 꿈을 취미라고 말했을 것이다. "꿈이 무엇이오. 취미가 무엇이오." 하는 물음에 대답하니 근성으로 이야기는 대답이 꿈 인줄 착각했다. 실천하지 아니하면 준비하지 않는 꿈의 헛된 생각이 오히려 "꿈을 아직 정하지 못했습니다." 대답했으면 누군가에게 도움을 받으면서 꿈을 키우고, 그 꿈에 맞는 공부를 하였을 것이다.

꿈에 대한 상세한 계획서가 없으니 늘 이것저것 손을 대는 오류를 범한다. 꽃꽂이를 배운다. 배우는데 난이도와 적성에 맞지 않으면 또 다른 취미로 전환한다. 이러한 방법들에서 내가 하고 싶고, 좋아하는 일을 찾으면 다행이다. 쉽게 찾아지지 않으면 적성에 맞지 않다는 결론을 내리고 포기하게 된다. 이러한 시간이 모여 60에 와 보니 이 나이에 할 것이 없어. 포기하게 되고 낙담하게 된다. 정년퇴임이 지난 나이는 사회에서 "이제 좀 쉬셔요."하는 나이이다. 조금 있으면 지하철도 무료로 마음대로 탈 수 있게 된다. 친구에게서 "요즘 뭐 하니. 이력서 쓰고 있어. 받아 주지 않네." 웃음이 답이다. 전문성을 가진 사람과 다르다. 60이 넘은 비전문직은 일거리는 한정이다. 단순노동을 요한다. 아니면 판매사이다. 어떤 일을 폄하는 아니다. 어떤 일이든 열심히 할 수 있고, 좋아하는 일에 중요성을 두게 된다.

정옥이 친구를 좋아하는 이유가 있다. 보험회사에서 30, 40년 근무 연속이다. 이제는 책임자로 네트워크 구축으로 고객이 부르면 달려가면 되는 시스템을 구축했다. 경제적 자립은 자동적 따라오는 중심이 되었다. 고객들과 골프로 비즈니스를 하게 되었다. 친구는 꿈을 꾸고만 있었던 것이 아니라, 꿈을 향해 쉼 없이 열심히 일 한 결과였다.

그럼 60의 나이에 할 일 없는가? 할 일 많다. 일에서 손 놓으니 할 수 있는 일은 배움이다. 젊어서 하고 싶은 공부를 60이라도 하면 된다. 할 수 있는 일은 마음가짐이다. 꿈을 실천하지 못한 아쉬움으로 제자리걸음하기에는 너무 시간이 짧고 부족하다. 길지 않음이다. 주위 베이비붐 세대들은 가만히 있지 아니하고, 발걸음을 움직인다. 배울 거리를 찾아 복지센터 등 다양한 시설을 이용한다. 노래교실을 좋아하는 친구, 요가를 좋아하는 친구, 커피를, 서예를, 등 노는 친구는 없다. 하루 한두 시간 걷는 친구도 있다. 몸에 맞는, 정서에 맞는 일은 60을 바쁘게 움직인다. 배우는 일이 마음에 썩 들지 않으면 여행, 스포츠 등 즐길 거리를 찾는다. 여행에서 노는 것만이 아니라, 공유하고 싶은 이야기를 메모하여 둔다. 여행지에서 만나는 사람과 이야기해 보면 지금 나이까지 몰랐던 부분이 새삼 나에게 다가올 때도 있다. 누구든지 대화 중에 나에게 오는 감동이 노후의 대책에 필요한 원조가 될 수 있다. 젊었을 때 책을 쓰겠다는 마음보다 쓸 수 있을까? 하는 의구심이 더 컸다. 성남주 교수를 만났다. "책 써 보셔요." 할 때 "제가 책을요?" 반문했지만, 책을 쓰게 되었다.

60 이후의 장기계획과 단기계획 세운다. 젊어서 가진 꿈의 실패를 거울삼아 이제는 실현 가능성 있는 꿈에 도전한다. 상황에 맞는 일들은 일상에서 즐긴다. 도전을 용기와 같이 공을 굴린다. 젊어서 이루지 못한 꿈을 되새겨본다. 도전하는 것이다. 할 일이 없지 않다. 할 일이 있게 만든다. 읽기와 쓰기도 쉽지 않은 작업이다. 마음먹기이다. 길이 보이면서 방법을 찾게된다. 한글만 알면 할 수 있는 60에 주는 특혜가 될 수 있다. 일 없음을 탓하지 아니한다. 약간의 스트레스는 발전과 성장으로 이어지는 결과를 만들어 준다.

『산의 마음을 배우다』, 『오늘, 나에게 공감』을 썼다. 쓰는 일이 힘들어 이제 그만 쓰고 싶다가 아니라 이제부터 더 쓰자. 할 일을 찾았다. 책 쓰는 일에 도전이다. 잘 쓰는데 욕심을 부리는 것이 아니라, 꾸준히 쓰는 일이다.

꿈을 놓치고 이루진 못하였다면, 다시 가진다. 80을 생각하면 60은 아주 젊다. 역순으로 생각하면 답이 보일 때가 있다. 60을 받아 주지 않는 사회라면, 나를 스스로 받아 주는 나의 세계를 만든다. 먼저 배움부터 도전이다. 80세에서 100세까지는 찾아오는 나그네들에게 삶의 모습을 보여 준다. 왜 할 일이 없겠는가? 아직 하고 싶은 일을 찾지 못했다면 동네 문화센터를 찾아간다. 여러 과목이 개설되어 있다. 처음에는 순서를 정해서 하고 싶은 과목부터 수강한다. 그러는 중에 내가 좋아하는 분야를 찾게 된다. 그때부터는 바빠서 쉴 시간이 없을 것이다.

친구 있어 좋아라

친구는 인생의 보물이다. _탈무드

　모임에서, 동우회에서 친구라면 통상적으로 나이 보고 이야기한다. 동갑내기 아니면 한두 살 차이쯤 되면 친구라 한다. '친구 해요'라는 대화가 들어가면 편하게 된다. 나이 서열이 생기면서, 형님, 아우, 선생님, 사장님, 친구 등 호칭이 들어간다. 친구라는 말에서 다른 이해타산이 들어가지 않는다. 바로 존칭어를 사용하지 않으며 편안하게 대화하게 된다. 같은 세대에 대한 동질감이 작동하면서 마음 소통된다. 동창 친구는 친구의 대명사이다. 어릴 때 같은 동네에서 자란 친구는 자주 만나지 못해도 편안하다. 어릴 적의 유대감이다. 이유 없는 소통이다. 그만큼 친구의 성격이나 마음 씀을 어릴 때부터 알고 있기에 상대의 성향을 파악하지 않아도 되는 편한 친구이기에 이야기 들어주고 나의 이야기도 허심탄회하게 하게 된다.

　아들이 서울에서 생활한다. 명절에 고향으로 오면 먼저 어릴 적 친구를 만나러 간다. 들떠있는 모습이다. 저렇게 좋을까! 표정에서 나타난다. 초등 친구를 만나고, 고등학교 친구를 만난다. 성당 친구들 만난다. 학교 시절 농구반 친구들 만난다. 친구들 만나는 일이 부모님에게 인사하는 일보다 더 바쁘다. 성인이 된 아들은 명절에 고향 친구 만나는 일이 전부인 듯하다.

60 나이에도 친구는 정겹다. 특히 초등 친구 몇 명은 지금의 나이에서 더 친하게 지낸다. 젊을 때는 직장 일로, 아니면 가족들 챙기느라 친구들 만날 시간도 없었다. 지금은 자식들 출가시키고 나니 가족의 챙김은 조금은 느긋해지니 시간적 여유가 있다. 남자친구들은 정년퇴임으로 시간이 여유롭다. 만나는 횟수가 늘어난다. 대화는 그저 편안하다. 초등 친구는 꿈을 이야기하고, 미래를 이야기하는 것 아니라 어릴 때 모습들 이야기하면서 웃는 시간이 더 많다. 부귀는? 남학생이 찾아오면 부끄러워 얼른 집으로 도망가곤 했지. 왜 그렇게 순진했는지. 똘똘했으면 부귀 인생은 바뀌지 않았을까? 지금의 평가는 친구들한테 웃음 선물이 된다. 종민이 남자친구는 "내 첫사랑이 누구이다." 실토한다. 숨겨놓은 첫사랑을 폭로하는 순간 우리는 반신반의한다. 정말이여. '덕순이' 전혀 몰랐던 사실에 박장대소한다. 그때에는 웃었겠는가? 그 남학생도 말 못 하고 가슴앓이를 얼마나 했을까? 그 어린 나이에 갖는 고민을 다 갖고 있었을 것이다. 친구한테 이야기하지 못하는 비밀스러운 사실을 혼자 끙끙거렸을 것이다.

지금 놀이와는 다르다. 게임을 하고 인터넷이 장난감이지만, 60, 70년대에는 놀이터가 자연이다. 소 꼴 먹이고, 냇가에서 멱 감고, 고구마 삶아 먹던 시절이다. 고무줄넘기 놀이, 공기놀이이다. 색종이도 좀 큰 후에 가질 수 있는 특혜였다. 엄마와 언니들과 새끼줄 꼬고, 가마니 짜던 시절이다. 땔감이 없어 솔방울 줍고, 마른 솔잎 찾아 산을 헤매고 다녔다. 어린 시절 고생이 웃음이 되고 추억이 되었다. 초등 친구들 교실에서는 급식 빵이 오면 야단이다. 빵 받으러 가는 친구를 부러운 눈초리로 보았다. 당번제로 급식 빵을 받아 오는 차례는 기분 좋은 심부름이 된다. 그래도 친구 중에 부자인 친구에게는 빵이 급식되지 않았다. 밥이랑 바꾸어 먹자고 사정한다. 그때의 거드름은 어디서 나오는 뻐김인지. 강냉이죽도 그 시절 맛있는 최고의 음식이다. 어른이 되어 그 시절 급식 빵, 강냉이죽은 맛으로는 승부가 나지 않는다. 미래를 이야기하는 친구보다 옛날이야기는 하는 친구가 더 정겹다. 맛있는 음식을 같이 먹고 동질감의 이야기에 시간 가는 줄 모른다.

동우회에서 만나고, 단체에서 만나는 친구는 교류로 이루어진다. 다도모임에서 친구를 만나면 차 이야기로 소통된다. 차 기행을 같이 하고 차를 같이 마시게 된다. 좋은 차를 권한다. 친구든지 소통하는 선후배 있으면 일상이 즐겁다. 필요한 만남이면 교류이다. 더 자주 만나는 친구가 된다. 차 기행 친구 있으면 좋아하는 여행을 편안하게 다닐 수 있다. 혼자보다 4, 5명 그룹으로 여행하는 재미 또한 쏠쏠하다. 여행의 방법도 다양하다. 준비물 나누어 준비한다. 혼자 준비하는 것이 아니라 여행 친구들과 나눈다. 분담 부분이 다르다. 과일 챙기는 친구, 차를 준비하는 친구, 세면도구 챙기는 친구, 일정 코스 짜는 친구, 운전하는 친구 등등으로 이루어진다. 친구의 다양한 누림은 일상이 즐겁다. 혼자보다 둘의 에너지는 두 배이다. 친구는 누림으로 차곡차곡 정(情)을 쌓아 간다. 친구 없는 일상은 즐거움보다 허전함이 60을 기다린다.

"혼자 잘해요" 하는 일에는 무관하다. 다만 친구는 울타리이다. 지금 나이에 친구 없으면 무슨 재미로 사냐? 60의 친구는 든든한 배우자 그다음이다. 자식은 곁을 떠난다. 배우자는 옆에 있어 좋지만, 친구는 친구 나름으로 정겹다. 동갑내기 친구가 아니더라도 좋다. 밥 먹자는 친구 있으면 만족이다. 한 달에 한 번이라도 만나는 친구로 모임을 만든다. 친구들 만나 여행을 하거나, 이벤트 있어 같이 재미있게 놀다 오면 며칠은 잘 지나간다. 또 그 시기 지나면 몸이 들썩거리게 되면 모임 시간이 다가온다. 모임 하는 친구를 8월 이벤트로 장소로 해운대로 정한다. "이 나이에 어찌." 왜, 뭐 땜에 "래시가드 입어" 쭈뼛하게 촉을 세우지만, 이 나이이기에 버킷리스트로 체험하기를 권한다. 해운대를 50년 만이여 하니 이 친구를 데리고 가지 않으면 누굴 데리고 가느냐. 우리는 친구라는 울타리를 잘 활용하는 것이다. 혼자 하지 못하는 일을 여러 친구와 하면 할 수 있음이다. 파도타기에 모래찜질. 통닭과 피자 시키기. 백사장에서 포도주 마시기 등 언제 또 여기 올지 약속하지 못하기에 체험은 다 해 보는 것이다.

친구가 외롭다고 말하면 밥 사 주고 싶다. 친구가 위로가 필요하면 달콤한 바닐라라테 사 주면서 이야기 들어줄 것이다. 바깥바람 쏘이고 싶다면 드라이브해 주지 않을까. 내 이야기 들어주는 친구 있으면 좋겠다. 내가 자랑해도 받아 주는 친구. 내가 투덜거려도 받아 주는 친구. 내가 가난해도 밥 사 주는 친구. 산 가자면 가는 친구를 찾는다. 언제든 불려주는 친구를 찾는다. 친구는 복이 된다. 복이 되는 친구가 되어 주고 싶다. 요구보다 만나면 반가운 친구는 더 좋다. 따뜻한 된장찌개 먹어도 군침 되는 밥상이 그 친구도 같은 마음이면 우리는 평생지기 된다. 친구를 대하는 포용력은 내 몫이다.

5

나이 탓으로 돌리지 않는다

나이는 단지 숫자에 불과하다.

중요한 것은 당신이 얼마나 많은 것을 경험하고 성장할 수 있느냐이다. _모건 프리먼

나이 탓이 아닌 게 없다. 대화 중에 단어가 생각나지 않는다. 한번은 친구들과 작은 파티 준비하면서 이것 하나 사 줘. 이것이 뭔데? 있잖아. 달콤하고, 둥근 모양으로, 색색깔이며, 특이 어린이들이 좋아하는 것. 오전 중 통화 내용이 오후에 되어서 어! 그래. 마카롱이다.

코로나19 이전, 여행 다녀온 사진들 보면 지금의 모습과 다르다. 설마 하지만 사진은 거짓말 없이 그대로 보여 준다. 친구는 사진을 보면서 우리 많이 늙었구나. 모습에 놀란다. 세대끼리 주고받는 말은 하루가 다르다. 라는 말에 동감하게 된다. 나이 탓 돌리게 된다. 젊어서 하지 않은 버릇이 튀어나오니 나이 탓으로 돌릴 수밖에 없음이다. 친구는 모임에서 약간의 우울한 이야기가 나오면 막는다. "기분 좋은 이야기만 하지요." 웃는다. 신체적

변화에 민감해진다. 기계도 많이 사용하면 마모된단다. 사람은 오죽하겠는가. 위로하면서도 신체 부위마다 통증을 호소하게 된다. 산악회팀 모이는 곳에는 다리, 무릎 이상증세를 호소한다. 산을 열심히 탄 산꾼들 대부분 다리를 못 쓴다. 스틱을 많이 사용하고 좀 아끼면 될 텐데 항상 젊다는 생각으로 산에서 산행 속도를 많이 낸다. 당연히 무릎은 무리함에서 오는 이상 증세를 내면 병원을 찾게 되고 통증을 호소한다. 잘 다독거리면서 써야 한다. 무리하게 사용하지 않는다.

그 예이다. 건강한 다리로 천 회 이상 산을 탔다. 산 많이 타고 나니 아플 만도 하다. 이제는 무릎이 이상 신호를 내면서 거부반응을 일으킨다. 영양제를 투여한다. 치료를 받는다. 좀 더 오래 걸을 수 있도록 여기까지만. 옛날 같으면 끝까지 정상을 오른다. 산행만큼은 중간 포기가 없었다. 꼭 정상에서 인증사진을 해야만 직성이 풀린다. 이제는 산행 시간을 줄이고 천천히 걷는 행보를 한다. 오래 쓰기 위해 무릎과 절충하는 시기다. 나이의 불편함을 호소하게 된다.

순발력이 떨어지기 시작한다. 옛날은 무엇이든 해 보자는 긍정적이었다. 마라톤에도 도전하여 하프마라톤(20km)에서 5등 하여 상금으로 산악회 산우님들 목욕비용을 대신 내어 주는 일도 있었다. 젊어서 할 수 있는 일들이 줄어들기 시작한다. 나이 탓만 할 것인가? 정상을 향해 달리는 것보다 즐김으로 패턴을 바꾸기로 한다. 맨발 걷기를 한다. 천천히 흙바닥을 보면서 발을 옮긴다. 빨리 갈 수 없다. 자동적인 시나브로이다. 빨리 걷는 산행보다 보이는 것이 더 많다. 이끼도 자세히 본다. 발에 닿는 촉감에 몸은 긴장하면서 세포는 활동하게 된다. 숲 바람도 더 많이 맞을 수 있다. 느림이 빠름보다 좋구나. 빨리 달려온 나에게 정상적인 일들이 비정상으로 보이기 시작한다. 한 발 한발 옮기다 보면 몸은 좋아지면서 운동이 된다. 발 지압은 100% 효과이다. 오장육부를 다 챙기는 운동이 된다. 천천히 걷는 맨발이 종합운동으로 건강을 지키게 하여 준다. 느림이 빠름의 효과를 상승시켜 준다. 지나가는 산꾼들이 어! 맨발이네. 반신반의 시선으로 쳐다본다. "해 보십시오." 아마 지나가는 사람들도 하고 싶은 마음의 충동을 일으킬 것이다. 한 사람에게 전달되는 효과를 얻을 것이다. 건강은 서로 소통하며 교류함으로 전체의 유익함이 된다. 맨발 걷기는 나에게 천천히 라는 메시지를 전해 준다. 빨리 걸을 수 없다. 저절로 그렇게 되는 나이이다. 나이에 맞는 운동을 찾은 것이다.

아시는 선생님이 화장법을 일러 준다. 빗물이 땅속으로 흡수되기 위해서는 천천히 스며든다. 많은 비가 한꺼번에 내리면 빗물은 스며듦보다 흘러내리는 빗물 많다. 서서히 스며드는 빗물이 농사에 도움이 된다. 비 온 후에 텃밭 흙을 뒤척거려 보면 아주 얇게 빗물이 적셔있을 뿐 땅속은 마름 그 상태이다. 비는 왔지만, 겉흙만 적신 것이다. 피부도 마찬가지이다. 나의 화장법은 빠름이다. 5분이면 색조 화장까지 끝낸다. 시간을 아끼려는 바쁜 마음이다. 누군가 화장을 오래 하고 있으면 '도대체 뭐 하지' 신기했다. 선생님은 스킨을 사용할 때도 얼굴에 정성 들여 또닥거리며 서서히 스며들게 하라는 획기적인 방법을 일러 준다. 감탄! 그렇게 해야 하는구나. 피부도 빗물처럼 스며들기 좋아하는구나.

맨발 걷기 같이 하는 친구에게 난 "100세까지 살아야 해." 왜 묻는다. "화장법을 인제 알았어." 친구들보다 주름이 많은 이유를 찾은 것이다. 바쁨이 좋은 것이 아니었다. 화장하는 시간의 절약한 것이 아니라 손질이 더 가게 된 것이다. 피부 손질 시간이 갑절 늘리니 피부는 답 해 주고 있다.

나이 탓을 돌리지 아니하고, 내 탓으로 돌린다. 보상을 받고 싶음이다. 느린 시간으로 회복하는 시간을 선물하는 것이다. 60이 좋은 이유 될 수 있다. 이 나이가 아니고서는 모르고 넘어갔을 작은 부분을 눈여겨보게 되는 것이다. 두 시선으로 보게 된다. 젊었을 때의 시선과 지금 나이의 시선이다. 과거와 현재. 지나간 시간과 지금의 시간에 대한 비교이다. 흘려버리는 시간을 조사하게 된다. 화를 내는 횟수가 줄어든다. 흥분하지 않게 한다. 한 걸음 뒤로 물러서는 이유를 알게 된다. 직설적이지 않아도 된다. 세상은 내 마음대로 되지 않음을 알기 때문이다. 순리의 체득이다. 나잇값이다.

모임에 가면 친구들끼리 "나이 이야기하지 말자" 한다. 우울해지는 것은 사실이다. 고쳐지지 않는 나이임은 분명하다. 그러면 우리는 주장한다. 살아온 세월보다 더 잘 살 수 있다. 돈 버는 일보다, 나를 일깨우는 일에 더 정성을 쏟는다. 젊음보다 두 배로 집중할 수 있다. 마음만 바꾸어 먹자. 나이 탓으로 돌릴 필요가 없다. 핑계를 대지 말자. 핑계는 약자들이 하는 변명이 된다. 생각이 바뀌면 일상도 바뀐다. 더디 가면 괜찮다. 갈증이 난다. 친구는 물을 갖다 준다. 친구에게 먹어 주지는 않는다. 나와 관련된 몫은 다 내가 정리해 낼 것이다. 남은 시간은 오롯이 내 시간이 된다. 나이 탓은 핑계로 또 다른 핑계를 만들게 된다.

6

부부생활, 인생을 가르치다

부부는 서로를 이해하고, 존중하며,

서로를 위해 헌신하는 관계입니다. _마더 테레사

모든 부부는 조용한가. 조용한 척하는 건지. 밖에서 바라보는 부부는 행복하게 오순도순 사는 듯하다. 물어보면 친구 A는 우리 남편은 다 좋은데 경제개념이 없어. 친구 B는 다 좋은데 건강관리를 하지 않아 미워. 친구 C는 자기 몸을 금쪽 같이 여기고 운동을 많이 해서 얄미워. 친구 D는 술을 너무 좋아해서 싫어. 술을 많이 마시면 실수는 물론이고 쓸데없는 말이 너무 많아. 아마 백 명을 잡고 물어도 우리 남편이 최고야 하는 친구가 과연 있을까. 세상 남자들은 뭐야. 하겠지만, 여자와 남자의 다른 점이다. 남자에게 아내에 대해서도 물으면 여전히 같은 답이 나오리라 본다. 다른 성(性)을 가진 사람의 특색이다.

남편과 대화에서 의견이 맞지 않을 경우가 맞는 경우보다 더 많다. 나이

들수록 의견 불일치 횟수는 더 많다. 이제는 남편은 의논 없이 일을 진행한다. 왜 그러느냐 물으면 반대의견도 귀찮지만, 해야 할 일이 제지되는 것이 번거롭다는 이야기이다. 본인이 가진 의견을 중단해야 하는 불상사가 싫음이다. 화를 덜 내는 방법을 찾은 것이다. 특별한 일이 아니면 의견을 따르기로 한다. 그렇게 하는 것이 스트레스를 덜 받고 스스로 편하기도 하지만, 화를 덜 낼 수 있는 체념이다. 화장실에서 소변 보고 변기 뚜껑 올려두고 나오기로 매번 싸웠지만 해결되지 않아 포기하고 하니 말다툼이 줄어든다. 젊어서는 포기되지 않은 것들이 나이 드니 포기된다. '이 남자는 고집이 세구나.' 단념이다. 남자와 여자의 구조에서부터 하나도 동질성이 없다. 본성부터 다르다. 서로 다른 성향이 한 집안에서 동거하니 부딪치는 소리가 나지 않겠는가?

고추 농사 수확기가 되면 수확량 많은 농사 주인은 농산물 공판장에서 경매로 물건을 판매하지만, 소규모 고추 농사 주인은 지인이나 인척, 친구들 입소문을 통해서 팔게 된다. 초등 친구가 "고추 좀 팔아 줘." 연락이 왔다. 대답부터 한다. 그럴게. 주위에 전화로 구매 의사를 묻는다. 다들 농촌과 가까이 사니 시댁, 친정에서 다 가져와 먹는다는 대답이다. 그나마 몇 친구에게 주문받았다. 전달해 주어야 한다. 고추밭에 가서 주문량을 받아 친구 집집으로 배달한다. 남편 입장은 "대개 할 일 없다"로 보이는지 한 소리 한다. 친구를 돕겠다는 마음에 잘한다는 칭찬은 못할망정 기운 빠지게 하는 소리 거슬린다. 여자들은 작은 일에 섭섭하다. 이런 작은 의견 차이는 수시로 일어나는 일상이다. 작은 일에 의견 차이로 언성이 오고 가야 하는 가. 마음 상하게 된다.

〈미나리〉 영화 속 부부는 이민 생활에서 살아가는 모습이 힘들지만, 버티는 힘은 사랑이었다. 지친 생활에 대한 포기와 다른 환경에서 나를 만나고 싶은 것이다. 가족을 위한 부부의 양보는 현재의 결과가 아니라, 우리의 존재가치를 확인시키면 삶의 귀중함이 곁에 있음을 서로 알아가게 된다. 영화 작품에서 우리에게 전하는 메시지에 고개 끄덕이게 된다.

삶을 영위하는 모두는 길을 만들어 가고 있다. 넓은 고속도로처럼 행복한 길도 있다. 국도처럼 속도는 조금 덜 내지만 주위 풍경들에 눈이 간다. 지방도로에는 더 볼거리들이 있다. 동네길, 산길, 해안 길 등 많은 길처럼 우리는 각기 다른 느낌을 누릴 수 있다. 삶에도 여러 길이 있다. 행복한 길이 있으면 피해서 가고 싶은 길도 있다. 우리는 여러 길을 걸어왔다. 예순의 나이에는 어떤 길을 걷고 싶을까? 특정한 길이 좋음이 아니라 어느 길이든 다 좋다. 산길 나름대로 좋다. 바닷길도 좋음이다. 동네길 따라 이집 저집 기웃거림도 좋다. 누가 살고 있을까. 저택이 아니라도 사람 냄새 나는 동네 길이 좋음이다. 이 집에는 화분을 보고 꽃을 좋아하는구나. 집주인의 성향을 보게 된다. 쓰레기 집 앞에 쌓여 있으면 청소하기 싫어하는구나. 아니면 바쁜가 보다 예사로이 본다. 옛날에는 '뭐야. 좀 치우고 살지.' 저게 뭐야. 길에서 느끼는 감정들이 편하게 변한다. 길에서 미소 짓고, 길에서 여유를 즐긴다. 우리 집에서 마트까지 걸어가기는 좀 멀어 승용차로 움직일 때 많다. 이제는 시장바구니를 끌고 걸어간다. 길에서 여유를 즐긴다. 삶도 그러하다. 우리 삶의 길은 어떤 길일까? 오랜 같이 산 사람은 부부다. 먼저 가신 분도 있지만 우리는 누구든 어울리면 살아간다. 이 속에서 희로애락의 길을 부딪치면 살아왔다. 싸울 때는 원수처럼 밉지만, 어려울 때는 서로 위안 삼는다. 여러 갈래 길 살고 나니 선물이 아닌 길 없다. 정겨운 길이 된다. 각기 다른 길을 경험한 것이다.

노부부가 손을 잡고 길을 걷는다. 친구가 말한다. "보기 좋지." 연인이 손을 잡는 모습보다 더 정겹다. 할머니와 할아버지는 젊어서도 저렇게 살았을까? 나이 들어서 부부 정에 감사함일까? 묻고 싶어진다. 살기 바빴다. 서로의 갈등이 화나게 했고, 고쳐지지 않은 습관에 사랑이 없어서인 줄 알고 덤벼들기도 했다. 늙은 부부는 따라 걷지 않고 손을 잡고 서로 의지하는 모습에서 현재의 모습만 보기로 한다. 젊어서 어떻게 살았던지 지금 손잡고 걷는 모습에서 과거 좋지 않았던 추억들이 손잡고 걷는 모습에서 잊히게 된다.

옛날이야기는 늘 화근이 된다. 제일로 싫어하는 말다툼은 옛날이야기이다. 비교하는 습성이다. 친구 누구는 생일날 명품 가방 선물 받았다는데. 누구는 반지 선물 받았는데 얼마짜리래. 반대로 남편이 아내에게 "당신은 꾸밀 줄도 몰라. 그게 뭐냐." 감정을 건드리는 일은 불화만 일으킨다. 남편 듣기 싫어하는 소리는 줄인다. 상대 입장 되어 본다. 나도 듣기 싫어하는 소리를 남편이 계속하면 "잔소리 그만 좀 하셔요." 고개를 돌릴 것이다. 세월 흘러 발견한 해결책은 나이였다. 나이는 마음의 폭을 넓혀주었다. 부부로 오래 살면서 살아가는 법은 배웠다. 사는 동안은 싸움을 피한다. 나이 드니 성격 파악과 무관심으로 대체되어야 할 부분들을 판가름하게 된 사실이다. 삶이 신기하지 아니한가. 부부는 끝없는 철길처럼 평행선으로 서로 쳐다보면서 의견충돌과 다툼으로 늙고 있지만, 충돌은 일어나지 않는다. 측은지심이 생긴다. 이제는 그 무엇이 부질없음을 나이 드니 나이에 맞는 나이 대처법을 알게 됨이다. 부부라는 평행선이 종착역에서는 두 손을 잡는 만남임을 알게 된다. 나란히 달려도 같은 역에서 하차한다. 서로 보조만 맞추면 된다. 언제든 손 뻗으면 손잡을 수 있는 반경이면 된다. 부부의 애정은 하늘에서 준 복이 된다.

7

나를 찾는 사람들에게

나를 찾는 사람들에게, 나는 항상 당신의 곁에 있을 거예요. _존 레논

'나를 찾는 사람이 있다면 언제든 달려가자.' 문제는, 찾는 사람이 없음이다. 혼자 살기 바빴다. 가정 살림 이루고 자식들 뒷바라지에, 남편 하는 일 보조에 애쓰고 나니 혼자였다. 남을 돕지도 못했다. 나의 일에만 부지런히 살았다. 그러니 당연히 찾는 사람 없다.

나중에 봉사해야지. 지금은 너무 바쁘다니까. 미루었다. 병원에서 봉사하는 친구는 봉사한 시간을 이야기한다. 봉사 시간이 얼마인데 병원 가면 봉사 포인트로 할인 진료 가능하다고 말한다. 부러운 시선으로 보게 된다. 친구도 살림살이에, 남편 보조하는 일이 많았을 것이다. 봉사하는 일에 먼저 시간을 분배하였을 것이다. 봉사 정신이 말해 준다. 봉사 정신이 부족하면 시간분배도 미루었을 것이다. 미술관에 봉사하는 친구는 미술품에 조예가 깊다. 봉사만 한 것이 아니라, 미술작품에 공부가 된다. 봉사하는 친구

에 찾아가면 작품에 대한 설명과 작가에 대해서 이야기하여 준다. 덤으로 공부하게 된다. 급식하여 주는 어르신들께 봉사하는 친구는 나를 부른다. 다음에 갈게. 다음에는 나를 찾지 않겠지만, 지금은 일로 바쁘다는 핑계를 댄다. 친구는 봉사도 젊어서 해야지 말한다. 뜨끔하다. 핑계는 핑계를 부르기도 한다. 마음의 여유가 없음인지 하지 못하는 구실을 만들고 있다.

이제는 찾는 사람으로 살고 싶다. 나이가 드는 일이, 의무가 줄어드는 것이 아니라 늘어나는 듯하다. 핑계를 댈 수 없는 단계에 이르니 도망가지 않는다. 감사한 일들에 대한 의무 가지면 도우려 한다. 큰 봉사가 아니라, 작은 일에도 나눔을 할 수 있다. 잘할 수 있는 일이 무엇일까. 노래와 춤에 약하지만 같이 걷고 놀아줄 수 있다. 운전도 해 줄 수 있다. 차량 봉사를 할 수 있다. 그럼 할 수 있는 일을 찾았다. 혼자서 움직일 수 없는 어르신들을 이동 수단 차량을 제공할 수 있다. 나를 찾는 사람이 있을 것이다. 생각으로 꼬리를 물고 들어가면 할 수 있는 일을 발견할 것이다. 어디에 이야기해야 하는가. 어렵게 여기지 아니하고 내가 찾아 나서는 일이다. 일이 이쯤 되니 나를 찾는 사람을 아직 없다는 이야기이다. 생각의 전환으로 이어진다. 나를 찾는 사람이 봉사자만이 아니라 문화를 나누는 사람끼리 소통도 괜찮을 것이다. 생각의 전환이다. 어느 곳이든 필요한 사람이 있으면 교류로 이어진다.

산악회에서 6년을 총무로 봉사한다. 육체노동은 아니지만 잔심부름이다. 산행 예약 받으면 차량 배정과 먹거리 준비에도 도움을 준다. 참석하지 못하는 산우들 소식을 전체에 전하기도 한다. 행사를 기획하기도 하며 진행하기도 한다. 봉사 정신으로 한다. 봉사 마음이 없었다면 전부터 귀찮지 않았을까. 불편하고 귀찮지만 내가 조금 더 수고하면 된다는 배려심이 산우들에게 편의를 제공하는 일에 마음을 둔다. 나를 찾는 사람이 있음이다.

친구들과 한 달에 한 번씩 여행을 간다. 1박 2일의 여행에는 운전이 꼭 필요하다. 4년 동안 계속 운전하여 준다. 코스 정리한다. 어떤 이벤트로 친구들과 최대한 즐거운 여행이 될 것인가 고민한다. 추억 만들기 사진 찍기에 네 명의 친구 중 한 명이라도 소홀히 하지 않으려 한다. 친구들 좋아하고 나도 그 일이 좋음이다. 이틀 동안 계속 운전하면 몸은 피곤하다. 여행에서 친구들이 좋아하는 일을 할 수 있다는 게 나를 찾는 이유가 된다. 수고하지 않는 즐거움은 오래가지 않는다. 고생한 여행의 추억이 오래가듯 운전으로 봉사는 친구에게 나에게 설렘 여행의 추억을 만들어 주는 역할에 나를 찾는 일이 된다.

나를 필요로 하는 이웃들에게 친구들에게 나누어 줄 수 있는 일 있음이 곧 행복이다. 초등 친구들 소모임에서 우리 나이에 아직 해 보지 못한 추억들 있으면 해 보게 추진하여 준다. 미술관 투어 한다. 하루 세 곳의 미술관을 돈다. 나름 다른 미술관의 포인트 관람 후 맛집 기행은 하루의 보람이 된다. 여름에는 워터파크에. 친구는 우리 나이에 어떻게 가니. 꺼리지만 어떠냐. 가 보자. 추진력 1등. 가서는 젊은이들 못지않다. 피곤한 모습들이다. 파도타기에 기구타기 등 하나도 빠지지 않는다. 가 보지 못한 낯선 곳을 찾아 나선다. 중복되는 코스는 피한다. 해 보지 않은 새로운 체험을 찾는다. 이번 모임 때는 "거제거리맥주축제"로 모임 장소를 공지한다. 밥집도 맛있는 맛집이라면 달려간다. 가격은 절충선이다. 공연 관람 시간도 갖는다. 문화적인 체험행사 즐기기도 한다. 연말에는 작은 파티로 격을 높인다. 의상에서부터 소품까지 균열하게 한다. 나를 찾는 친구와 모이는 시간을 알차게 추억을 만들어 주고 싶은 나의 욕망이 된다.

봉사로 나를 찾는 사람들을 만들지 못했다. 그렇지만 이웃과 친구와 나누는 시간을 만든다. 만나는 친구가 무엇인가 얻어 가는 게 나의 마음이다. 남편 친구들과 합동 칠순 이벤트로 합동 상차림을 계획한다. 옷을 같이 입히고, 큰 상을 차리고, 현수막을 건다. 남편 친구들과 어울림이다. '같이 살아 온 시간에 감사함과 앞으로 남은 시간을 잘 살게 해 주십사.'라는 염원이다. 귀찮아하지 아니하고 주위 친구들에게 기쁨을 주고 싶음은 나를 찾는 이에게 대한 나의 감사함이 된다. 이 또한 그와 같지 아니한가. 억지 추측으로 위안을 받는다. 나를 찾는 사람이 많아짐은 필요로 하기 때문이다. 나의 주위에는 좋은 사람들이 많다. 좋은 마음 가진 사람들에게 많이 배운다. 배운 대로 써먹는 것이다. 60의 나이는 나눔이다. 시간과 돈과 사랑 모두 주는 것이 나를 위한 것이 된다. 어떤 친구가 나에게 "너 오늘 의상이 너무 예뻐." 말하면 말하는 사람이 가장 먼저 듣는다. 먼저 듣는 사람에게 칭찬이 가지 않는가. 부정적인 말도 내가 먼저 듣게 된다. 내가 나눔을 하는 것은, 내가 먼저 듣고는 행복해지기 때문이다. 나누는 마음이 부자라는 것은, 내가 줄 수 있는 사랑을 많이 가지고 있다는 것이다. 좋은 말과 칭찬과 사랑스러운 말은, 말하는 사람이 가장 먼저 듣는다. 자신이다. 짜증 섞인 말이나 불평하는 소리를 내가 제일 먼저 들어야 하겠는가.

6장

늘
청춘의 마음으로
살아가는 법

나이는 그저 숫자에 불과하다. 중요한 것은 내면의 젊음이다. _알버트 아인슈타인

청춘을 다시 돌려준다면 무엇을 제일로 하고 싶은가? 친구가 나에게 자주 하는 질문이다. 질문이 끝나기 전에 나오는 답은 '여행하면서 글 쓰는 직업 갖고 싶다.' 답한다. 지금 하면 되지 않는다는 질문에는 이유를 댄다. 나이가 들어서, 건강이, 영어 소통 실력이, 우리 집 남자(남편)의 식사 문제 등 많은 이유가 나열된다. 이런 이유들로 젊어서는 예사로이 넘긴 부분들이다. 그때에도 여러 변명을 했을 것이다.

생각을 바꾼다. 나이 들어도 할 수 있는 일을 찾는다. 생각의 전환이다. 건강하면 금상첨화이다. 영어 소통 능력이 없으면 우리말로 소통되는 일을 찾는다. 조물주께서 몸을 늙어도 마음은 청춘으로 살게 한 특혜를 살피는 것이다. 나이 들어서 할 수 있는 일은 마음먹기이다. 마음이 늙지 않음이 얼마나 조물주의 배려인가? 만약에 정신까지 늙게 했다면 청춘을 지난 인

간의 일은 늙음으로 환희를 볼 수 있을까? 태어나서 죽을 때까지 마음으로 누리는 일은 죽을 때까지 가지고 살아가는 것이다.

마음의 청춘을 다시 새겨본다. 육체와 정신이 같이 늙으면 너무 시시하다. 불리할 때 유리한 방향으로 길을 잡아야 한다. 서울 가는 방법으로는 여러 교통수단 있다. 승용차로, 버스, KTX, 비행기로 이동 수단은 여러 가지다. 여러 이동 수단을 이용하듯, 나이에 맞는 내 삶의 운영 방향을 찾는다. 노년을 굳이 나이에 맞추느라 애쓸 필요는 없다. 마음이 가는 대로 나에게 더 많은 사랑과 관심을 준다. 젊어서 알지 못했던 사실들이 나이를 먹고 나니 알게 되는 인생 공부에 손 들어 주는 것이다.

정작 내 나이도 나를 업신여기게 된다. 잘못된 줄 알면서 내 나이가 싫어진다. 나이 들어 좋은 게 하나도 없다고 투덜거린다. 나쁜 것이지만 어쩔 수 없는 받아들임이 된다. 여기서 우리는 지혜를 발휘해야 한다. 받아들이되 끌려가게 되면 얼굴에는 밝은 표정일 때가 없다. 얼굴 주름은 나의 모습이라 말하지 않는가. 구렁텅이 빠졌다고 씻지 아니하고 있으면 어떻겠는가. 지나가는 사람은 빨리 씻지 아니하고 무얼 하느냐 나무랄 것이다. 우리도 나이 많음의 구렁텅이에서 나이 타령만 하고 있다면 아무도 관심 없이 지나치고 말 것이다. 비록 주름이 늘고 거울 보기 싫지만, 지금의 나를 화장도 하고 적응하는 모습에서 "참 곱게 나이 들었구나." 나중에 나도 나이

들면 저런 모습으로 살고 싶다. 시선을 받게 된다. 다행인 것은 정신까지 늙게 하지 않는다는 점이다. 몸은 늙어도 마음은 청춘이다. 마음으로 사는 것이다. 마음이 늙으면 정말 아무렇게 살게 된다. 그것은 우리들이 지향하는 바가 아니다.

얼굴 주름만 봐도 나이를 가늠하게 된 연륜이다. 나보다 더 젊은 사람은 우리 나이를 보고 늙었다고 말한다. 60은 칠순을 보고 나이 들었다고 말한다. 아무리 거부해도 시간은 쉼 없이 흐른다. 우리는 흐르는 시간을 붙잡고 한탄할 것이 아니다. 그 속에서 매일 마음의 청춘 일기를 쓰면서 산다. 내가 필요로 하는 청춘 일기를 쓴다고 해서 누가 나무랄 것인가. 혼자 쓰는 청춘 일기는 나와 사랑을 하는 시간이 된다. 마음은 젊은이들보다 더 젊다. 이것 또한 복이 아닌가. 복을 잘 써야 한다. 돈을 잘 쓰는 일도 중요하지만, 주어진 조건을 잘 사용하는 일은 나를 자유롭게 한다. 나이 들었다고 포기하지 않는다. 다만 속도를 조정한다. 빨리 달림보다 조금 천천히 가면서 즐김이다. 마음의 청춘은 더 고급스럽게 꾸민다. 즐김의 깊이는 내 몫이 된다. 관공서, 병원, 외출하게 되면 옷을 차려입고 간다. 나를 보이기 위한 실천 사항이다. 이것만 잘하여도 이미지 점수는 먹고 들어간다. 돈 들이지 않고 나에게 관심 가지는 센스로 관리 함이다.

마음의 소리에 귀 기울이자

마음의 소리 귀 기울이면, 자신의 내면을 더욱 깊이 이해할 수 있다. _칼 융_

유튜브에서 혹은 TV에서 유명인들, 전문가들 강의를 듣는다. 똑똑하구나, 공부를 많이 했구나. 지식이 풍부하구나. 부러움으로 강의를 듣게 된다. 왜 나는 공부를 젊어서 일찍 못했지. 왜 저들처럼 똑똑한 사람이 되지 못했지. 왜 책을 읽어야 하는 것을 알지 못했지. 화살이 내게로 돌아온다. 슬슬 마음속에서 후회하는 마음이 꿈틀거린다. 원망으로 돌아간다. 어릴 때부터 성장하는 시기에 누군가 앞으로 어느 방향으로 따라 공부하고 조언했으면 삶의 방향은 어떻게 변했을까. 궁금해진다. 그러면 삶의 방향은 달라졌을 것이다. 조언하는 사람은 누구도 없었다. 식생활도 해결되지 않는데 공부는 사치일 뿐인 시기다. 결혼하기 전 언니, 오빠도 동생한테 아무런 충고 등 말이 없었다. '이렇게 살아라.' 알려 주는 사람도 없었다. 이게 아쉬움이 된다.

고등학교 때는 빈혈로 많이 고생한다. 억지로라도 몸을 지탱하고 앉아 공부하고 싶지만, 앉을 힘조차 없다. 눕는 게 나에게 최고로 편한 자세다. 공부 하고 싶지만, 앉아 있을 힘이 없는 것이다. 허약체질로 공부를 할 수 있는 조건이 되지 못한다. 어느 곳이든 앉아 있을 수 없어 누워야 했다. 예습, 복습 하고 싶지만, 체력이 바닥이니 공부할 여력이 생기지 않는다. 나중에 해야지 하는 공부는 늘 밀린다. 중간고사, 기말고사에는 공부하지 못한 과목이 수두룩하다. 머리 나쁨도 있겠지만 한 번도 읽지 못하고 치는 시험의 점수는 당연히 엉망이다. 학교생활에서 추억이 뭐지. 물으면 아팠던 기억뿐이다.

여고 친구들 만나 학교생활 추억들을 넓어놓는다. 남학생들과 해운대로, 기타 들고 강변에서 놀았던 추억담을 들으며 재미있다. '야! 그렇게들 조숙했어.' 70년대는 학교에서 저축 많이 하는 학생에게 상 주면서 저축을 많이 권장하였다. 저축 대장을 맡은 친구는 친구들의 저축한 돈 가지고 그룹으로 돈을 쓰고 말썽을 피워 선생님, 아버지에게 혼나 정학당할 뻔 이야기들에 박장대소하게 된다. "야! 너 무슨 간이 그렇게 크니." 상상도 못 할 일들을 모이면 이야기한다. 추억담이 되면서 그 시절이 그리워지기도 한다. 여고 시절 여학생의 추억치고는 상당한 담력을 가진 친구의 행동이다. 나로서는 상상도 못 하는 친구의 추억담이다. '왜 그리도 많이 아팠지.' 건강했으면 친구와 노는 방향이 같았을까. 아니면 공부만 하는 책상 지킴이가 되었을까?

　강연자들의 똑똑한 모습에서는 왜 저렇게 노력하지 않았을까? 친구의 모습에서는 왜 저렇게 신나게 놀지 않았을까? 그럼 넌 뭐야? 뭐 하고 싶었는데 물으면, 전자와 후자의 모습을 다 닮고 싶다. 핑계할 구실을 찾는다. 막내인 나에게 부모, 형제는 사랑은 주지만 어떤 공부를 어떻게 해야 한다는 방향은 잡아주지 않았다. 스승을 만나지 못했다. 언니는 19살에 시집을 갔으니, 동생에게 무엇을 해 줄 수 있는가. 딸 다섯은 각자 환경이 생활 터전이니 자기 앞가림이 먼저였다. 그런 가운데 몸이 아프니 성장하는 게 아니라 머무름으로 발전되지 않은 일상의 연속이었다. 변명하는 이유 여러 가지 찾는다. 아무런 도움이 되지 않지만, 무엇 때문에 똑똑한 사람으로 성장하지 못했고, 무엇이 삶의 최전선에서 열심히 하지 않고 억지로 딸려 가는 삶이었을까 하는 문제를 찾고 돌아본다.

　동우회에서 열정파 노 선생을 만났다. 60세에 수능을 준비하고 D대를 졸업했다는 이야기를 들려준다. 교수인 오빠는 적극 반대하면서 학비는 일절 도와주지 않겠다는 선고를 받는다. "걱정하지 마셔요. 아파트 하나 팔겠어요." 학비는 집 한 채를 팔겠다는 각오한다. 수능을 어떻게 준비했느냐는 물음에 남편이 교수이다. 남편이 수학을 잘한다. 가르침을 받았다. 논술은 학원에서 예시 문제 받아 공부했다. 면접에서 나이 탓으로 낙방의 고배를 마셨다. 몇 번 실패하고 D대학에 입학하게 되었다. 왜 국문학과를 선택했냐는 질문에 어머니 산소에 시 한 편 올리고 싶다. 그 말하고 눈물 나서 면접 보면서 교수님 앞에서 울었다. 마음속 응어리가 고개를 든 것이다. 우리 세대들의 공부에 대한 열망이 고개를 든 것이다. 4년 공부를 하고 졸업했다. 국문학과에서는 학과 공부에 매달리느라 시 창작하지 못했다는 말과 늦게나마 시 창작활동할 수 있어 좋다는 말을 곁들인다. 주위 가족들 멘토가 되어 주지 않았음에 원망하지 않고 60에 당당히 수능에 통과하면 4년 과정을 잘 마쳤다. 노 선생은 누군가 멘토에 의지하지 않고 스스로 멘토를 찾고 스스로 개척하는 의지에 칭찬하게 된다. 스스로 삶은 누구에게 원망이 있을 수 없다. 잘 살아도 내 것이요. 못 살아도 내 것이다. 이런 진리에 누구를 원망하고 가족에게 나 좀 이끌려 주지 않았어요. 반기를 들 것인가?

베이비붐 세대에는 누구에게나 힘들었다. 100호가 사는 동네에서 13명 정도 또래 여학생이 있었다. 3명이 여자상업고등학교를 가고는 그 외 친구는 고등학교 가지 못했다. 그만큼 가난했다. 땔감이 없어 산으로 나무하려, 땔감 찾으러 다녔다. 지금의 사정과는 하늘과 땅 차이처럼 사는 모습이 너무 다르다. 이러한 사정 속에서 멘토를 어떻게 찾으면 꿈을 가질 수 있었겠는가. 불평할 이유가 없다. 성인이 되어서도 긴박함을 몰랐었다. 편하게 보낸 것이다. 지금에 와서 분야의 전문가를 보고, 분야에서 앞서가는 지식을 가진 사람들의 역할에서 나를 돌아보게 되는 여운의 생각이 장거리 여행을 하게 된다.

아이에게 칭찬하는 것이 아니라, 잘못하는 일을 늘 꾸짖게 되면 잘못한 줄 알면서도 반항이 생기게 된다. 좀 못해도 칭찬하여 주며 아이의 모습은 바뀐다. 누군가 잘한다는 칭찬은 꾸중보다는 마음의 안정을 찾게 된다. 누구의 조언은 참고해도 되지만, 스스로 삶에 책임을 지게 된다. 구실을 대는 변명은 허공에 맴도는 날아가는 소리이다. 마음의 소리는 심장에서 진동을 주며 감동을 주게 된다. 지나간 시간에 이유를 붙이지 않는다. 내가 처한 지금의 상황에서 판단한다. 누군가 똑똑하고, 누가 잘 살았다는 이야기는 듣기 좋은 소식이다. 나에게도 칭찬해야 함을 나중에 알게 된다. 정작 나 자신에게도 위로한다. '그래 잘 살았어.' 나에게 칭찬하게 되면 눈물이 나려고 하는 이유를 안다. 마음은 왜 옆에만 보니 '나도 좀 봐줘.' 똑똑하지 않아도 괜찮아. 잘 놀지 않아도 괜찮아. 너는 너대로 감사해. 나를 도닥거리는 손길에 사랑 듬뿍 담아 지금부터라도 마음의 소리에 귀 기울이자. 그래 '잘했어' 칭찬하면서 같이 갈게. 나를 위하는 행보가 된다. 나를 인정하지 않음은 나를 성장시키지 못함이다. 길을 열어 주는 것은 자기 자신이다. 눈에 보이는 만큼 살아온 흔적이다. 되돌릴 수 없기에 소중함으로 도닥인다. 칭찬 크게 한번 하고 살자. '나는 최고였습니다. 나는 지금이 최고입니다.'

$$2$$

후회는 결과에서 얼굴을 내민다

과거에 집착하지 말고 현재를 살자. _오프라 윈프리

　찌푸리는 일, 바쁜 일이 좋은 일보다 더 많아졌다. 신혼여행 다녀온 첫날부터 시어른들과 같이 살아야 하는 외동아들의 외며느리다. 신랑은 직장도 부모님과 같이 살기 위해 경기도에서 창원으로 부모님이 살고 있는 동네로 이직했다. 경기도에 살던 아들은 창원으로 직장을 옮긴 것이다. 신혼여행 다녀오는 날부터 시집살이가 시작된다. 친정엄마는 시집 생활을 해야 한다는 결혼 조건에 "어떻게 살래." 한다. 친정엄마에게 큰소리친다. "엄마 괜찮아요. 부모 없는 자식이 어디 있어요." 6.25 전후 세대들은 휴전으로 전쟁의 와중에서 벗어났지만, 그 후유증은 가난이다. 그러니 신랑은 일요일도 없이 직장에 출근한다. 야간작업 없는 날 없다. 집안일의 단어 뜻풀이는 "살림을 꾸려 나가면서 하여야 하는 여러 가지 일. 빨래, 밥하기, 청소 따위를 이른다." 풀이하고 있다. 집안일은 집에 있는 사람들이 하는 일로 구분되었다. 신랑은 잠만 자고 나가는 숙소인 듯 집안일은 신경 쓸 여유조차 없다.

어른들과 살면서 큰 소리는 아니지만, 작은 소리는 늘 새어 나온다. 시어머니는 시어머니대로 며느리는 며느리대로 불만이다. 시어머니에게 4대 독자인 아들이 얼마나 귀하겠는가. 늘 불만이다. 잘 챙기지 않는다는 것이다. 시어머니는 겨울이 오면 연탄아궁이에 연탄집게를 올리고 구두를 따뜻하게 데운다. 바깥에 둔 구두를 바로 신는 것이 시어머니는 마음이 아프다. 겨울철 출근하는 아들을 보면 마음이 안쓰럽기에 차가운 구두를 따뜻하게 신기고 싶은 것이다. 남편은 어릴 적 경기도, 서울 지역에서 살아서인지 추위를 덜 탄다. 갑갑해서인지, 젊어서인지 내의를 입지 않으려고 한다. 시어머니의 간섭은 늘 이어진다. 시어머니는 "꼭 입혀라." 아들은 절대 입지 않으려 한다. 챙겨 들고 눈앞에 서 있어도 투덜거리며 입지 않는다. 한 사람은 입혀라. 한 사람은 입지 않는다. 두 사람 사이에서 일어나는 갈등은 늘 이어진다.

아들에게 정성인 시어머니는 손자가 태어나니 손자에게도 정성이 간다. 아예 품 안에서 떼지 않는다. 분유가 아니라, 모유 먹여 키웠는데 젖 떼고 나니 바로 손자를 당신 방으로 데리고 간다. 당시 며느리는 무조건 복종이었다. 어머님 안 된다는 말은 말대꾸 된다. 속앓이만 한다. 몇 년 살고 나니 시집의 문화를 알아가면서 시집살이라는 말이 나오기 시작한다.

스트레스는 쌓여 간다. 신랑은 직장 일로 직급이 높아지면서 퇴근은 좀 빠르지만, 술자리로 늦기는 매한가지이다. 아들 둘 태어나고 시부모님들은 연세가 드시니 건강이 나빠지기 시작한다. 병원 모시고 다니는 일이 하루의 일과가 된다. 나는 스트레스성 구토가 시작된다. 길을 가다가도 침이 마구 입에서 흘러 나오면 배를 움켜쥐고 골목으로 뛰어 들어간다. 참으려고 배를 힘껏 움켜쥐고 숨을 몰아쉰다. 골목에서 토하는 일이 얼마나 창피한가. 뒤처리는 감당이 되지 않는다. 10분 정도 지나면 진정된다. 안정 찾으면 그 자리를 떠나게 된다. 길거리에서, 버스에서, 집에서 수시로 일어나는 구토증세는 멈추어지지 않으니 병원 찾는다. 시집살이하는 동안 위 내시경을 여섯 번이나 했다. 결과는 위궤양이다. 약 먹고 치료받는다. 약 기운 떨어지면 다시 구토가 시작된다. 위궤양은 재발에 또 재발로 위의 통증은 이어졌다.

시어머니 세대는 우리 세대보다 더 힘든 시기였다. 시아버님의 무능으로 시어머니는 집안일에 돈 버는 일까지 도맡아 하시니 참으로 고되게 사셨다. 나이 드셔서 건강까지 잃으니 한평생 일만 하고 가셨다. 딸 둘, 아들 하나는 효녀, 효자로 잘 커 준 게 보람 되셨지만, 정작 당신은 힘든 시기에 살아 온 여장부였다. 내 젊은 나이에는 이해하지 못하고 시어머니는 시월드로 인지했다. 참는 것이 최고 미덕인 줄 알았다. 살고 나니 후회가 온다. 시어른과의 갈등의 연속들. 삶의 고단함. 이들이 다 내 마음에서 온 병들이다. 편하게 받아들이지 못하는 마음 그릇을 비교해 보게 된다. 어른들 말에 무감각 되지 않았다. 꾸중하기 전에 더 잘해야 하고, 칭찬받아야 하는 강박 관념이 힘들고 지치게 하였다. 조금 여유 있게 받아들이고 웃음으로 처방 전을 사용하면 스트레스를 덜 받았다면 상황이 달라질 수 있다. 우리 집 어른들께 "며느리 성격 좋아."란 칭찬을 받았다면 난 암이라는 병에 걸리지 않을 수 있었다. 후회는 늘 맨 나중에 와서 괴롭힌다. 중간 과정에 나타나면 모든 일이 순조롭지 않겠는가. 중간 점검을 하지 않은 탓도 있지만, 당시의 상황에 집중하게 된다. 앞뒤 옆이 보이지 않은 시간이었다. '그랬구나.' 나중에 돌아보게 된다. 이제 우리는 자주 뒤를 돌아보는 시기에 섰다. 매시간 돌아봐도 된다. 잠자는 시간을 제외하고는 조사하는 성의를 보인다면 웃을 수 있는 여유가 생긴다. 허비하는 시간을 줄일 수 있음이다. 후회하지만, 후회에 집착하지 아니한다. 챙길 것 있으면 챙기고 훌훌 털어 버릴 수 있는 것은 털어 버린다. 인생 후반의 나이이다.

이제는 60 후반 나이는 마라톤은 아니다. 단거리 종목에선 속도를 내지만, '인생 단거리 금메달'에 시간이 부족하면 부족한 대로 잘 늘려서 쓰면 된다. 후회는 반드시 나중에 오니 같이 가면 된다. 후회하고, 깨달음 얻고, 실행하고 다시 반복되는 시간이지만, '잘했어! 금메달' 하나쯤 가슴에 달아 보고 싶다. 환경에 적응하는 지혜는 삶의 특혜다. 지금 내가 서 있는 곳에서 내가 웃을 수 있으면 된다. 웃으면 실성한 듯 보이겠지만 이미 찌푸린 일들은 '별일 아니네' 웃음이 나를 돕고 있을 것이다. 감정 건드리는 일 있으면 '먼저 웃고 보자.' 벌써 스트레스는 달아나고 없다. 젊었을 때 쉽지 않았지만, 지금은 잘할 수 있다.

감사는 만병통치약

감사는 모든 좋은 것들의 문을 열어 준다. _존 러스킨

긍정은 없다. 불평이 먼저 나온다. 핑계가 있으면 천연덕스럽게 삐딱한 말하게 된다. 대화에서 '저 친구 왜 저래. 꼭 말을 그렇게 해야 하냐.' 외면하게 되는 말을 하고 있음을 느낀다. 처음에는 예사로이 듣지만, 완전 부정도 아니고 긍정도 아닌 어중간한 표현으로 개운하지 않은 기분을 만든다. 시간이 지남에 상대의 좋은 점을 말하기 쉽지 않지만, 말을 꼭 그렇게 상대의 기분을 상하게 할 필요는 없지니. 반문하게 된다. 정말 내 마음에 쏙 들면 '그 친구 인간성 좋아.' 후한 말을 하게 된다. 사람의 마음이 성선설인가. 아니면 성악설 때문인지. 우리들은 비슷한 인간 본성을 가진 듯하다. 항상 부드럽고 온아한 사람이 있는가 하면, 불만이 쌓여 언제 풍선처럼 터질 듯 긴장하게 하는 사람도 있다. 언니 "톤 좀 낮추요." 부드럽게 이야기해도 알아들어요. 남편이 아내를 부를 때 뚝배기 깨어지는 소리로 말한다. "뭐가 불만이죠. 엑센트 강하지 않아도 알아들어요." 일상에서 흔히들 일어

나는 대화다. 남편에게 말할 때도 억양이 높아진다. 이웃이 들으면 '저 집 싸우나. 대강 살지.' 측은하게 여길 수 있다. 불안증세다. 상대가 큰소리, 짜증 섞인 소리를 낸다면 옆에서 소곤소곤 대화의 분위기를 이어 가게 하는 여유를 부려본다. 만남에서도 불평은 쏟아져 나온다. 분명 저렇게 하는 것은 경우에 맞지 않다. 눈살을 찌푸리게 한다.

우주에서 하나뿐인 귀한 나를, 귀한 시간을 불평하는 시간으로 허비하게 된다. 불평을 쏟아 내고 불만으로 스트레스를 받으면 주위 환경들이 변할 것인가, 변하지 않는다. '내가 변해야 한다.' 누구는 어떡하고, 누구는 이래서 좋지 않아. 이 구실 저 상황으로 마음 늘 편안하지 않다. 친구에게 하소연한다. 친구는 맞장구쳐 주지만 불평하는 사람은 변하지 않는다. 우리가 길을 찾아 목표지를 갈 때 길을 잘못 들었으면 얼른 방향을 바꾼다. 이처럼 사람의 마음도 비슷하다. 아닌 길은 더 가면 갈수록 돌아오는 길이 멀어진다. 이제는 불평과 불만은 끝을 낸다. 끌려가지 않는다. 끌려갔다가 얼른 돌아온다. 그 불평, 불만이 평가로 이어질 수 있다. 『니체와 함께 산책을』 책에서 보면 "진인의 삶"이라는 문장이 있다. 아홉 개의 문장에서 하나 더 보태서 '평가하지 마라.' 이야기 보태고 싶다. 조금 불편하면 편한 길로 바꾸어 간다. 사랑하는 사람과 싫어하는 사람이 있다. 전자는 내 사람이니 관심을 두지 않는다. 후자를 어떻게 변화시키려 해 보지만 쉽지 않다. 이럴 때 시간과 에너지 낭비보다 사랑하는 사람을 더 챙김과 같은 맥락이다.

청소 좋아하는 사람은 없을 것이다. 청소하면서 마음을 바꾸어 먹는다. 이사 다니지 않아도 되는 집이 있어 감사하다는 마음이다. 식구들 세 끼 밥상 차리는 일도 쉽지 않지만 내가 만든 음식을 맛있게 먹어 주는 식구들 있어 행복하다. 잘 먹는 모습만 보아도 감사하다. 남편은 수술 후 입맛을 잃었다. 밥상을 정성껏 차려 주지만 몇 숟갈 뜨고 밀친다. 메뉴를 바꾸어 가면 밥상을 차리지만, 입맛이 돌아오지 않는 듯 체력 유지가 쉽지 않다. 밥하는 사람 짜증 나지만, 환자 앞에서는 화내지 못하고 참는다. 얼마나 밥맛이 없으면 장골이 저럴까. 이해하려고 노력한다. 수술한 시기 일 년쯤 지나니 밥숟갈 뜨는 횟수와 양 늘어난다. 잘 먹어 주는 가족의 입맛에 감사하게 된다. 우리의 사소한 감사하는 마음이 모여 불평이 사라지고, 부정의 말 횟수가 줄어들수록 나에게 좋은 인간성을 보이게 된다.

친구들과 성격 차이에서 오는 갈등도 한 배속에서 난 형제들도 다른데 친구이니 오죽 하겠는가. 이해하고 받아들인다. 감사는 마음 부자가 된다. 원망할 것이 없으니 어쩌면 심심하지 않을까 하는 걱정을 하게 되는 경우이다. 정말 경우가 아닌 친구이면 거리가 두는 지혜를 발휘한다. 꼭 성격을 고쳐 지내자는 마음은 별로 이득이 되지 않는다. 지혜로운 대처는 감사의 폭이 더 넓어진다. 감사하는 마음을 어떻게 키울 것인가? 무조건 감사의 만병통치약을 늘 복용함이다. 마음에 들지 않아도, 이유를 대지 않는다. 그러느니. 얼굴은 성형하지만, 성향은 천성이니 누가 고칠 것인가. '마음 넓은 내가'라는 내 마음 치유법을 발동하게 된다. 건강관리에 좋은 치유법이 나에게 귀한 선물이다. 감사함이 나를 더 돋보이게 한다.

기분 좋은 일에는 감사하지 않아도 감사하다. 마음 상하고 이해되지 않을 때 하는 감사가 진정한 감사이다. 일상에서 투덜거림이 왜 없겠는가? 남편은 밥상에서 늘 짜고 싱겁다고 음식 투정한다. 그러면 그릇 놓는 소리가 커진다. 호흡속도 빨라진다. 이런 순간 잠시 멈춘다. 잠시 식탁을 떠난다. 그렇게 순간을 참고 나면 식사는 무사히 마치게 된다. 준비한 음식을 먹을 수 있는 것이다. 변명과 이유를 붙이면 식사는 영양식을 먹는 것이 아니라, 화를 먹게 된다. 감사를 잘 활용하는 것이다. 감사는 덮어 준다. 감사로 더 많이 감사할 일을 만들어 준다. 또 감사하게 된다.

오늘이 최고의 젊은 날

오늘을 마지막인 것처럼 살아라. 내일은 또 새로운 기회가 온다. _맬 깁슨

젊었을 때 몰랐다. 나도 그랬다. 저 친구보다 아마 덜 늙을 것이야. 왜 늙어. 아직도 시간이 몇십 년 남았는데 벌써 호들갑이야. 노인 문제는 나의 문제가 아니었다. 대중매체에서 노후생활 보장은 어떤지 물었을 때 마음 쓰지 않았다. 남의 문제인 듯 흘러들었다. 그나마 생각했던 것은 노후 경제 문제였다. 일하지 못할 때 쓰이는 노후 자금은 어떻게 조달하지? 그 문제 만큼은 챙겨야 했다. 나이 들어, 기본 생활자금이 없으면 자식들에게 손 벌려야 하지 않겠는가. 요즈음 젊은 세대들의 삶도 바쁘다. 부모 부양의 책임까지 어깨에 짐을 주지는 말아야 한다는 부모의 의무감을 챙기는데 비중을 두었다.

강물은 멈춤이 없다. 흐르는 강물을 보면서도 우리의 시간에는 관심이 없었다. 그냥 흘러가는구나. '나만 그런 것이 아닐 진데 뭐 그리 호들갑을

떠니.' 십 년이 묶음으로 훌쩍 뛰어넘는 사실 인정하게 된다. 분명 열심히 산다고 바빴는데 지나간 시간은 먼지처럼 훌훌 날린다. 그나마 가족들과 명절 만남이 있는 날 사진이라도 보고 있으면 과거의 시간이 새록새록 가슴에서, 머리에서 '아! 그때' 기억을 살려 보게 된다.

사진 속 인물 다른 모습이다. "이게 나야. 왜 이렇게 예뻐." 혼자만의 생각이 아니라 남편도 아들도 수긍이 가는지 입가에 웃음이 배어 나온다. 친구들과 여행 사진을 보고 있으면 감탄한다. "순진 덩어리이네" 젊어서 열심히 놀지. 할머니 되면 뭐 할 거여. 젊어서 잘 몰랐지. 아직은 시간이 많아. 벌써 뭐 그리 호들갑이야. 시간은 무궁무진해. 지금은 일하고 나중에 놀면 되지. 한편으로 노는 일을 부정적으로 생각했다. 거드름으로 해석한다. 놀기만 하면 돈이 되니. 밥이 생기니. 젊어서 일을 열심히 해야 노후가 편하지. 노후에 열심히 놀면 되잖아. 보편적인 친구들과 나의 생각이다. 노는 일을 잘못 해석했다. 노는 일이 시간 소비인 줄 알았다. 재생산으로 이어지는 계산법이 없었다. 일과 노는 일을 동시에 잘했다면 과연 후회를 덜할까? 답은 없지만, 과정을 돌아보게 되는 시간이다.

우리는 망각으로 기억 한계를 체험할 때 많다. 기록물이나 책으로 아니면 일기로 기록을 남긴다. 일기는 늘 청춘의 마음일 수 있다. 글에는 젊음과 늙음보다 시기적 일상이 기록된다. 학생 시절에는, 처녀 적에는, 결혼하고는 등등 기록을 보면서 상기되지만, 사진은 외관상 모습이다. 지금의 나이에서 초등학교 시절 부산 송정 해수욕장에서 언니랑 찍은 사진을 본다. 입은 옷은 왜 그리 초라한지. 치마에 러닝 입은 초등생. 입은 옷에서 그 시절 형편을 보게 된다. 중, 고등학교 때 교복 입고 단발머리에, 책가방 든 여학생이었다. 사진으로 보는 한 사람의 과거 추억을 보는 재미다. 젊은 시절의 위안으로 추억을 먹는 느낌이다. 나도 이런 적 있어. 나도 십 대가 있었어. 누구도 나이 먹었다고 나무라지 않지만, 스스로 폐부 깊숙이에서 언제 이렇게 나이를 먹었지? 스스로 돌아보게 되는 시간의 횟수가 많아진다. 변하지도 않고 바꿀 수 없는 불가항력에는 받아들이는 게 최고의 선택이다. 거부하면 마음만 아프다. 받아들이는 일이 신상에 편할 때가 있음을 우리는 알고 있음이다.

사회의 변화는 100세 시대를 향하고 있다. 예순하고 일곱을 넘어선 숫자이다. 나이 들었다는 숫자에 주눅 들어 있으면 사람들은 만남이 소원해진다. 왜냐하면 다들 바쁘기도 하지만 체력 떨어지니 외출이 귀찮아지면서 만남을 미루게 된다. 다음 만남에도 이유를 대며 또 미루게 된다. 세 번에 한 번쯤은 만나자. 약속한다. 게으름이 나는 나이다. 사진 찍지 않으려 한다. 지금 나이가 "최고의 젊은 날이여" 용기 주면서 사진 찍는다. 탓하지 못한다. 그 자리 처한 환경에서 내가 주인공이다. 자식들 세대, 손자들 세대가 밀고 올라온다. 우리 늙음이 보인다. 세대라는 말은 단위로 쓰인다. 노년의 세대는 이 세대에 맞게 사는 지혜를 발휘해야 한다. 단위만 다르다. 초년, 중년, 노년이 나누어진다. 젊은 층이 발하는 순발력에 비해 떨어지지만, 젊은이들에게 도움을 받기도 하지만 요구에 도움을 줄 수 있다.

환경이라는 말을 잘 사용한다. 처한 모습을 거부하는 일은 스트레스가 되면서 불평하게 된다. 짜증과 부정은 아무런 도움이 되지 않는다. 그래서 우리는 오늘을 중히 여기게 된다. 오늘이 제일 젊기 때문이다. 과거 이야기는 과거 이야기일 뿐이다. 내가 처한 이 시간이 중요하다. 미래에 너무 기대는 것도 좋지 않다. 분명 희망 가질 수 있는 미래도 좋지만, 지금을 소중히 여기는 자세는 나를 만나는 일이 된다. 60 후반 나이의 미래는 80이 될 수 있다. 80이라는 나이를 살아 보지 않았지만, 그때 가서는 60의 나이를 찬양할 것이다. 신체적 노후 모습 인정하게 된다. 지금 나이가 더 젊은 것이다. 지금이 최고로 젊은 날로 인지하고 시간의 감사를 기억하여야 한다. 불평하기 시작하면 불평으로 끝이다. 스트레스로까지 얻게 된다. 누가 치유해 줄 것인가. 자신이 아니면 아무도 도움을 주지 못한다. 말로는 위로하지만 정작 아파주지 못함이다. 임금도 세상을 떠난다. 떠날 때 잘 가겠습니다. 하고 가겠는가. 스티브 잡스 좋아했지만, 그도 죽었다. 지금이 나에게 최고의 위치이다.

젊다고, 왜 이리 시간이 안 가지. 낭비했던 시간을 우리는 오늘에 찾는다. 삶의 마라톤에서 처음은 느긋이 뛰었지만, 결승전에서 최선을 다해 뛴다. 출발부터 체력 소진하지 않는다. 분배한다. 마무리 단계에서는 시간 관리와 상위권 도전을 위한 선수만의 전략을 발휘하게 된다. 결승전에서 온 힘을 다한 사람이 결승선 밟는 즐거움을 누리면 된다. 오늘이 무엇인가? 오늘만큼 좋은 시간은 없다. 밥 먹어도 먹는 시간이 즐겁다. 내가 서 있는 지금 시간에 최선을 다하는 일이다. 오늘이 최고로 젊은 날로 힘찬 걸음으로 오늘을 누린다.

오늘이 나에게 보약이다. 보약은 내 몸을 튼튼하게 하면 건강을 염려하여 준다. 보약을 하루 늘 한 포씩 먹으면 하루에 충성을 다하는 멋진 일상을 모아 가는 것이다. 최고의 젊은 날, 최고의 오늘이라 노래만 하지 아니하고 무엇인가를 나를 위한 실천 방안을 메모하여 포스트잇으로 잘 보이는 곳에 붙이고 즐기면서 메모장 들여다보는 시간이 많아지면 한다. 노년은 노년이 가지는 특혜를 누리는 것이다. 하루 한 건을 해 놓고 성장 시간으로 할애한다. '하루 한 건' 부동산 한 건, 영업 한 건이 아니라 내 삶에 추억, 흔적 한 건으로 하루를 진하게 색칠한다. 진한 색칠은 시간이 지나도 바래지지 않음이다. 나만의 색칠법이 나에게, 가족들에게 이웃에게 웃음 주는 일이면 더 좋겠다.

나는 행복하기 위해 산다

행복은 당신의 삶에 찾아오는 것이 아니라,

당신이 만들어 나가는 것이다. _마탈리 콜

　노래 가사 말에 〈내 나이가 어때서〉라는 노래를 들으면 나이 많음을 실
감하게 된다. 친구 만나면 나이 이야기를 많이 하게 된다. 나이 이야기는
'그만하자'로 화제를 끌고 가면 다들 그러자. 이구동성이 된다. 나이 이야기
로는 아무런 도움이 되지 않는다. 젊은이로 돌아오는 것도 아니다. 젊음과
나이 듦의 차이는 밥을 더 먹었다는 것이다. 많이 살았다는 것이다. 많이
산 것은 먼저 태어났다는 의미이다. 내가 어떻게 할 수 없는 불가항력 상
황이다. 다만 그 나이를 갖고 노는 것이다. 좋으냐고? 나쁘지 않다. 느긋이
걸어도 누구도 나무라지 않는다. 오히려 빨리 걸으면 '무슨 일로 그리 빨리
걸으셔요' 천천히 같이 가요. 돌아보게 되는 시간이 많아짐이 좋음이다.

　식사할 때도 많이 먹으면 과식으로 고생하게 된다. 소식이 건강에 이롭

다. 적당한 양의 식사는 몸을 튼튼하게 하며 에너지 보충이다. 나이도 매한 가지이다. 내가 먹은 나이에 맞지 않게 젊음을 준다 해도 부작용이 일어난 다. 나에게 맞는 숫자가 주어진 셈이다. 세월을 속이지 말자는 문구는 우리 에게 주어진 본분이다. 주어진 환경에 잘 적응하면서 새로운 것을 만들어 내는 힘을 기르는 것이다. 생산하지 못하면, 지금까지 만들어 둔 것을 잘 사용하면 된다. 마음에 들지 않으면 시간을 투자하여 원하는 바를 만들어 간다.

행복의 척도는 개인에 따라 다르다. 다 갖추어야 행복하다는 사람도 있 다. 만족스럽지 않은 이유이다. 아직 경제적 활동을 하여야 생활할 수 있는 이들에게는 비평의 소리를 듣는다. 욕심에 한계가 없어. 만족하지 못한다 고. 누구나 사고의 차이, 기준은 같지 않다. 친구 희야는 경제적으로 부자 라는 호칭을 받을 만큼 부동산 등 자산이 여유롭다. 친구가 바라보는 희야 는 여행만 다니고 베풀고 살았으면 하는데, 우리 생각과 다르다. 공장 사장 이었다. 회사를 사위에게 넘겼다. 잘한 일이라 생각했다. 일거리를 또 만들 었다. 텃밭 가꾸기에 늘 바쁘다. 텃밭 수준이 아니다. 농사꾼의 수준이다. 천 평 가까이 되는 밭이니 일이 얼마나 많은가. 늘 거기에 매달려 있다. 희 야는 농사일에 빠져있지만, 친구들 보는 시선은 좀 쉬었으면 한다. 이같이 추구하는 바가 다르니 만족의 폭도 다르다.

동네에 사는 아는 동생은 딸 둘, 아들 하나에 장애인 딸이 있다. 남편은 장애인 딸을 두고 집을 나갔다. 만족하고 행복하다고 할 수 있겠는가? 하지만 목 놓고 울 수는 없다. 동생에게 위로한다. 늘 인생은 그대로가 아니다. 음지가 있으면 분명 양지가 있게 순리대로 돌아간단다. 일 다니면서 건강한 아이 도움받으면서 장애 딸 돌보며 열심히 살고 있다. 건강한 아이들이 크면 엄마를 도울 것이다. 늘 그늘만 아니다. 하루 시간에도 분명 빛 드는 시간은 있다.

세상일 겪고 보니, 마음이더라. 마음먹기에 달렸더라. 그러면 행복은 내 마음에 있지 않은가. 멀리 있지 않다. 바로 내 마음에 도사리고 있다. 시간을 다 보내고 깨닫는 것보다, 현재에서 적응하는 일이 시급하다. 어쩌면 젊음의 낭비를 방지하는 속셈인 셈이다. 젊음에서 다 낭비하고 나면 억울함이 남을 것이다. 억울함을 가지고 가지 않아야 한다. 젊음은 젊어서 잘 살아야 하면, 늙어서는 늙어서 잘 살아야 한다. 누구에게도 소중하지 않은 인생은 없다. 소중한 것을 스스로 지키는 힘이 필요하다. 내일 하지. 오늘은 바쁘다. 미룸의 악순환 이어진다. 이은대 작가님은 책을 쓸 때 "지금 쓰라." 늘 강조한다. 지금 한 꼭지라도 써라. 미루는 일은 너무 쉽기 때문이다. '행복하기 위해서 미루지 않아야 한다.' 이것이 해결되면 행복하겠지. 그런 일은 없다. 지금 행복해야 한다. 무슨 일이든 마음먹기에 행복은 따라다닌다. 내 것으로 인정. 내 상황으로 인정한다. 남편은 내 이야기를 잘 들어주지 않는다. 매번 상황 설명하고 부탁한다. 어른들 말로 기운을 다 빼고 나서 들어준다. 이제는 그런가 보다. 인정하고 기다린다. 그것을 탓하고 불평하면 행복할 수 없다. 마음 비움이라는 단어가 생각난다. 비우기가 쉬운가. 그렇지 않다. 집 청소를 하는데 버릴 것이 많다. 몇 년을 쓰지 않아도 또 필요하겠지. 그때 돈 주고 왜 사니. 넣어둔다. 우리는 비워야 채울 수 있다는 것을 상황에 맞게 활용해야 한다. 쓸데없는 걱정량은 얼마나 될까? 내가 어떻게 할 수 없는 걱정을 가지고 산다. 생각이 많더라도 가볍게 산다. 오늘, 생각을 버리고 새 마음으로 채운다. 행복하기 위한 방법을 시도한다.

좋아하고 행복할 수 있는 일이나, 놀이문화를 가진다. 긍정적 생각으로 조정한다. 건강을 위해서도 산행하지만, 자연과 산에서 노는 시간을 즐기기도 한다. 책을 읽으면서 새로운 세계에 관심을 가진다. 남기고 싶은 좋은 경치는 사진을 찍어 둔다. 친구들과 자주 여행을 간다. 몸에 좋은 차를 마시기도 한다. 하고 싶은 공부가 있으면 몰입도 해 본다. 일상을 행복하기 위해서 열심히 한다. 시간을 허비하는 일은 행복을 허비하는 일이다. 젊어서는 일하느라 앞만 보고 살았다. 나이 드니 옆을 볼 수 있는 시간이 있어 좋다. 시간을 챙기는 마음으로 행복을 챙긴다. 행복하지 않은 일에, 일상의 에너지를 낭비하고 싶지 않다. 그럴 시간이 없다. 행복한 일에만 쓸 시간이 부족하다. 행복보다 더 소중한 것이 무엇일까? 찾고 있다. 내가 행복할 수 있는 일에, 마음도 더한다. 찾을 수 없으면 친구와 상의도 한다. 내가 제일 행복해야 한다. 실성한 사람처럼 많이 웃는다. 아침에 같이 영어 수업 받는 아이비는 전화 오면 한 톤 높은 음성으로 받는다. 행복함을 보여 준다. 혼자만 행복한 것이 아니라 나눈다. 나이 듦은 나눔에서 행복한 마음 더 얻게 된다. 받는 것보다 주는 것이 더 행복함을 아는 사람은 알고 있다.

$$\left(6\right)$$

나이 들어서 아니라 젊었을 때 가꾼다

젊은이여, 오늘을 살아라. 내일은 너무 늦다. _마르쿠스 아우렐리우스

'나이 드니 이러하다'를 이야기해 주고 싶다. 인생에서 성공한 사람에게는 무엇이 필요하겠는가? 성공한 사람도 스스로 삶을 인정하면서 살아 본아쉬움을 이야기하고 싶어 한다. 어떻게 살았는지, 잘 살았다는 이야기는접어두고 후회를 이야기하고 싶어 한다. 왜냐하면 그와 같은 길을 밟지 않게 하기 위해서다.

지금 60 후반 나이는 80보다 젊다. 80의 나이에서 나에게 어떻게 살지. 일러 주는 말이다. 80이 되니 말부터 어눌하구나. 모든 게 귀찮아졌어. 치아는 임플란트로 잘 씹지만, 맛은 모르겠네. 누군가 크게 말해야 겨우 알아들을 수 있어. 손자들이 용돈을 주는데 어디 두었는지 모르겠어. 어제는 아들이 다녀가면서 언제 올게요, 했는데 기억이 나지 않아. 혈압약은 어디에두었어. 세수도 하기 싫은데 목욕은 더 하기 싫다. 아들이 늘 운동하라 하

지만 다리 힘이 없어 걷기는 죽기만큼 싫어. 아들이 전화한다. '엄마 가스불 잘 끄셔요. 큰일 납니다.' 우리 동네 통장은 독거노인이라 수시로 드나들지만 별로 도움은 되지 않는다. 업무상 확인하는 수준이다. 나의 80 이야기는 이렇게 끝이 없다. 나열하기 창피스러울 정도이다. 젊어서는 생각지도 못한 일들이 일어난다.

70이 되고 80이 되면 어떻게 살 것인가? 미래의 나를 먼저 보게 되면 지금의 나는 무엇을 할 것인가에 도움을 받게 된다. 젊어서 건강을 챙기는 일이다. 건강 이야기라면 가까이 있는 사람의 건강관리를 어떻게 하는지 보게 된다. 신랑은 운동 싫어한다. 40, 50에 몸을 마음대로 쓰니 60에 건강이 좋지 않다. '술, 담배에 운동은 사절' 충고의 말은 잔소리로 여긴다. 80이 건강하려면 지금부터 운동하지 않으면 그때 어쩌려고 그러느냐. "해야지" 대답하지만 실천하지 않는다.

80보다 지금이 젊다. 젊었을 때 가꾸는 일은 오늘을 잘 사는 일이며, 내일을 준비하는 것이다. 시력이 아주 젊어서보다 떨어지지만, 책은 읽을 만하다. 80에 읽지 못하는 책을 지금 읽어야 한다. 지금 닥치는 대로 읽는다. 왜냐하면 더 젊었을 때는 읽지 못했다. 『베니스의 상인』을 지금 읽고, 『로미오와 줄리엣』을 지금 읽는다. 80이 되기 전까지 읽을 책이 쌓여 있다. 더 젊었을 때 돈 버느라, 애들 키우느라, 가정 살림 챙기느라 읽지 못한 독서량이 조금씩 늘어나고 있다. 아성을 소리 없이 지르고 있다.

80에는 지팡이를 짚어야 하지 않을까? 그래서 생각한 것이 여행을 지금 열심히 다니는 것이다. 더 젊었을 때는 하지 못했다. 이유야 대려면 많지만 지나간 일에 매여 있으면 되돌릴 수 없는 것을 빨리 포기하는 것이다. 기회를 놓린다. 지인 카톡에 김해 수로왕릉 안에서 '천년의 향기 장군 차(茶) 김해에서 마셔보자' 행사 팜플릿을 본다. '장군 차'를 마셔 보자. 가 보자. 전남 영광 불갑사에 상사화 축제가 열리면 가 보고 싶다. 여행의 구실 만든다. 여행은 일상에서 다른 문화를 보여 준다. 법성포에서 굴비 정식을 먹으며 즐거워한다. 장성의 축령산 편백림에서 피톤치드 마시며 이런 곳이 있음에 행복해한다.

부여박물관에서 만나는 '백제금동대향로'에 대해 문화해설사의 설명을 들으며 우리 문화의 정신과 장인의 기술이 다른 나라에 뒤지지 않음을 공부하게 된다. 여행의 새로운 곳의 탐지와 머무름이 젊게 하는 이유에도 포함된다. 내 고장의 이야기만 아니라, 낯선 곳에 대한 기대와 흥분이 엔도르핀 만들어 준다.

80이 되기 전에 산을 열심히 다녀야 한다. 80에 산을 가게 되면, 같이 가는 산우들에게 나이만큼 더 걱정을 끼치게 된다. 예외로 산악회에 80세 언니는 산행을 따라나선다. 꼴찌로 오지만 늘 참석한다. 언니는 "나 못 가겠어." 하면 "안 돼요, 언니가 산 오지 않으면 자리가 너무 빈 것 같아 꼭 오셔야 해요." 엄포를 주며 동행하기를 권한다. 빠지지는 않는다. 만약 내가 그 나이에는 갈 수 있을까? 보장하지 못한다. 아직 다리 힘 있을 때 부지런히 다닌다. 생각이 불리하게 되면 얼른 80의 나이를 들먹인다. 어떨까 힘든 시기를 생각하면서 지금을 잘 견디려 한다. '지금 나이에 힘들어서 못 하겠다면.' 꾀를 부리면 80은 불 본 듯 뻔한 노 할머니 신세타령하게 된다. 60은 아직 할 수 있는 일이 많다. 내가 30, 40이면 하는 가상을 설정할 것이 아니라, 바로 지금을 중히 여기면 끝까지 해 보는 것이다. 아니면 그뿐이지 않은가. 될 때까지 과정을 즐겨봄도 괜찮은 방법일 것이다.

젊어서는 연극을 볼 기회도 없었으면, 연극을 보려고 애쓰지도 않았다. 24회 밀양연극제가 "연극이 일상이 되는 순간"이라는 구호로 열렸다. 처음으로 연극관람을 위해 밀양으로 갔다. 연극배우의 무대에 대한 진정성에 반했다. 작품은 최용혁의 〈날개, 돋는다〉 주인공 연이 새임을 알고는 자유로운 세상을 갈구하는 힘찬 동요는 아버지, 엄마의 다른 생각으로부터 자기를 찾는 자아 성취 메시지 전한다. 연극이 재미있어진다. 또 오고 싶어진다. 돌아오는 시간에 연극에 대한 잔잔한 파장은 '왜 일찍 접하지 않았을까?' 나이 들어도 지금까지 하지 못한 일 있으면 찾는다. 버킷리스트를 두 종류로 나눈다. 작은 버킷리스트와 장기적인 시간 소요로 에너지가 좀 많이 드는 버킷리스트를 나누면 하나씩 실천해 본다.

지금은 내일보다 젊다. 젊음을 낭비할 수 없다. 젊음은 해결할 수 있는 에너지이다. 힘의 저력이 떨어지기 전에 마음껏 쓴다. 80에 쉬면서 유유자적하면 된다. 80에는 내가 가지 않고 친구들을 부르면 된다. 자식들을 부르면 된다. 음식 만들기 싫으면 배달시켜 먹는다. 편한 시간을 그때 즐기면 된다. 지금의 시기에는 즐기기도 하지만, 음미하는 시간이다. 활동하는 시기이다.

오늘 사과나무 한 그루를 심는다. 하루도 그냥 넘어가지 않는다. 일기 쓸 일이 많다. 마인드맵으로 만들어 보기도 한다. 어제 일이 기억나지 않지만 기록하는 것이다. 메모에 의존하는 일도 나쁘지 않다. 60의 젊음은 내 것이다. 지금도 가꾸어야 하는 시기이다. 지금 가꾸지 않으면 80은 더 심심하지 않을까? 움직임이다. 살아 있는 증거다. 버킷리스트를 메모하면서 점검한다. 하나하나 실천과 결과에 행복은 완전자동 기계처럼 슬쩍 터치하면 술술 실타래처럼 풀리게 된다. 자동행복 코너의 주인공이 된다.

노후에는 사랑 전도사로 살자

'사랑은 인생의 궁극적인 목적이다. 사랑으로 사는 삶은 살맛이 나는 삶이다.'

　사랑의 뜻풀이는 "어떤 사람이나 존재를 몹시 아끼고 귀중히 여기는 마음. 또는 그런 일. 어떤 사물이나 대상을 아끼고 소중히 여기거나 즐기는 마음. 또는 그런 일. 남을 이해하고 돕는 마음. 또는 그런 일." 표기되어 있다. 사랑이라는 단어 앞에서는 무쇠도 녹아내리는 것처럼 사람의 마음을 녹인다. 사랑보다 더 소중하고 우리에게 행복을 대신하는 단어가 있을까? 표현할 수 있는 단어를 찾지 못했다. 우리는 그 사랑을 위해 사는지도 모른다. 각박한 세상에서, 힘든 세상에서 인간적으로 남아 있는 것은 사랑이다. "사랑 없이는 아무것도 할 수 없어요." 사랑은 삶의 목적이 된다. 사랑의 종류도 다양하다. 첫사랑부터 마지막 사랑까지. 미움에서 사랑으로. 성경에서 "원수를 사랑하라. 내 이웃을 내 몸같이"도 사랑이다.

　'살면서 사랑하는 마음이 부족하면 삶의 재미가 없다.' 처음에는 주기만

하는 사랑이 싫었다. 바보 되는 기분이다. 사랑을 주고 스트레스 받는 일은 하지 않아야 한다. 순리로는 알면서 인간 마음이 앞서면서 비교하게 되고 이해하지 못했다. '저 친구는 왜 그래.' 하면 지혜로운 친구는 이렇게 조언한다. "받으려고 하면 주지를 말아라." 상대도 그것을 원하지 않는다. 뜨끔했다.

받는 사랑보다 주는 사랑이 행복하다. 받다 보면 마음에 부담이 간다. 언제 저 사랑을 갚지. 빚이 된다. '사랑밖에 몰라요' 사랑을 하고 사는 사람과 사랑을 나누지 못하는 사람과의 차이는 행복의 차이이다. 스스로가 알고 있다. 나는 사랑을 나누어 주는 삶을 살고 있는가. 젊어서 하지 못했으면 지금 나이에 하면 된다. 사랑만큼 소중한 것이 있겠는가. 살다가 사랑을 나누지 못하고 외면했을 때 뭔가 개운하지 않다. 사랑이 있으면 다 상쇄된다. 말이라도 사랑스럽게 한다. 상대는 그 마음을 알아차린다.

가족의 사랑은 더 소중하다. 당연한 이야기이지만 사랑보다 원성으로 소리 지르기도 한다. 가족이니까 더 실망한다. 남에게는 거는 기대가 없지만 남편에게 거는 기대, 자식에게 거는 기대가 크다. 사랑으로 덮어 주게 된다. 사랑이 없으면 원망과 분노가 더 득세할 것이다. 사랑이 편안한 가정으로 행복한 가정이 되게 한다. 사랑이 없으면 삭막하지 않을까? 더 따지게 된다. 이것과 저것을 비교하면서 내 손에 쥔 것이 작다는 불평을 늘어놓게 된다. 감사함이 부족하다. 사랑하는 마음으로 보게 되면 내 것으로 소중함으로 귀함으로 다가온다. 작으면 작은 대로 감사하다. 사랑에 콩깍지가 끼이면 우리 눈에는 아닌데 당사자들은 사랑에 눈이 멀게 된다. 사랑의 좋은 점은 계산하지 않음이다. 마음을 전하는 징표가 된다. 사랑은 나쁜 것 보지 못하게 하는 마력을 가지고 있다.

이러한 사랑을 우리는 더 가지려고 노력한다. 지식과 지혜도 중요하지만 사랑은 더 소중하다. 나를 성장시키는 모든 일들이 사랑을 배우고 실천하는데 목적을 둔다. 사랑이 없는 삶은 맛있는 음식을 즐기지 못하고 꾸역꾸역 먹는 것과 같다. 우리가 맛집을 가게 되면 혼자 가는 일은 드물다. 그 식당 밥 맛있더라. 권유하게 되고 소개한다. 소개받은 사람은 다른 친구들에게 소개하게 된다. 사랑은 작은 일에서 나눔으로 이어진다. 감사한 일로 바뀌어 간다.

우리의 가정이, 우리 사회가 사랑이 많으면 살맛이 나는 즐거운 축제장이 될 것이다. 가정에서 불화가 일어나고, 사회에서 악순환이 일어나면 움츠리는 우리의 삶은 살아도 행복하지 않은 삶이 된다. 한 사람 한 사람의 사랑이 모이면 사회는 활기차고, 아이들의 웃음소리처럼 맑고 밝을 것이다. 사랑을 많이 주는 사람이 행복하다.

친구에게나 지인에게서 신세를 지고 왔다. 마음이 편하지 않다. 언제쯤 친구에게 그 은혜를 갚지 늘 생각하며 산다. 애들 초등학교 시절이다. 친구는, 남편의 불성실로 가장의 책임은 물론이거니와 놀음으로 빚더미에 앉게 된다. 친구는 보험회사에 취직하면서 돈을 벌어야 했다. 친구는 말한다. "그때 힘들었는데, 큰 보험계약으로 힘이 되었다." 고마움을 잊지 않았다면 30년 만에 찾아와서는 밥을 사겠다는 것이다. "난 모르는 일인데 밥은 내가 살게." 친구는 감사한 마음을 30년을 갖고 있었다. 받은 감사는 오래 가게 된다. 내가 베푸는 감사는 잊어버린다. 사랑을 주는 일이 편하지 않은가? 기억하지 않아도 되니 더 감사한 일이다.

내 삶도 그러리라. 60 후반 나이에는 욕심이 필요 없다. 잘 사는 일이 욕심이지만, 사랑으로 감싸는 일을 많이 하고 싶다. 그래서 60은 여유롭다. 통화도 사랑이 있는 통화 하고 싶다. 사랑이 아니면 감사의 답을 줄 수 없다. 감사한 일은 많은데 무슨 선물을 줄 것인가. 사랑이다. 사랑을 놓치고 전하지 못했다면 실수가 된다. 사람들에게 받지 못한 사랑은 나도 모르게 다 받았다. 골프공이 파5에서 도로를 맞고 두 번째 공이 그린에 올라섰다. 동반자는 럭키라면서 농담으로 착하게 살았지 묻는다. 아니요. 운이 좋았을 뿐이요. 지금껏 받고만 살았다. 60 후반은 나누어 주는 나이다. 사랑을 나누어 주면 더 큰 풍선이 되어 터지게 된다. 풍선 밑에 있는 나, 너, 우리 모두 웃는 소리에, 삶을 감사함으로 고개 숙이게 된다. 그 속에서 같이 늙어 가고 싶다. 실천하는 삶을 사랑하면서 잘 살아가는 나눔과 사랑이 나를 더 값지게 할 것이다. 잘 살고 가자는 무언의 메시지를 나와 사랑하는 친구들과 나누고 싶다. 사랑을 많이 하는 사람은 친구 많음이다. 사랑을 많이 하는 사람이 세상살이가 힘들지 않다. 인생에서 정답은 사랑이다. 정답을 빨리 알고 살아가는 것 합당한 단어 찾기에 분주하지 않아도 된다. 사랑을 알고 가면 사랑뿐임을 알게 된다.

책을 쓰면서 반복되는 시간, 계획, 삶, 건강 등 귀에 익은 단어들을 나열하게 된다. 그것이 또 우리 삶에 제일 중요한 것이다. 예사롭게 볼 수 있는 것을 소중히 보기 위해 정성을 들이는 것이다. 일상어처럼 사용하지만, 60이 넘으면 좀은 특별한 단어가 된다. 젊음은 노년이 있지만, 노년은 젊음이 다시 오지 않는다. 누구도 대신하여 주지 않는 나의 악착같은 시간에 자유를 주지 아니하고 내가 자유를 관리한다. 『60, 다시 쓰는 청춘 일기』를 쓰면서 더 소중함을 새기게 된다. 사용할 수 없을 때 귀함을 찾은 것이다. 풍족할 때 아끼지 않았고 부족할 때 아끼기 시작한다. 지금이라도 바로 잡아야 한다.

우리는 늘 행복을 간직하려 한다. 오늘 행복한 시간을 꼭 가지고 있으려 한다. 꽉 잡아도 행복은 떠난다. 또 다른 일이 앞에 버틴다. 보내기 싫어도 가기 마련이다. 내일 행복을 찾으면 된다. 오늘 식사가 내일까지 배고프지 아니한가? 지난밤에 간식까지 먹었는데 아침에는 출출하다. 아침 식사 후

대용 음식을 먹게 된다. 배고픈 고충을 넘기게 된다. 행복도 그러하다. 계속 머무르지 아니한다. 어제 지리산 천왕봉에 다녀왔다. 지리산에 머무르는 시간이 행복했다. 어제의 행복을 가지고 오늘을 사는 것이 아니다. 오늘, 지금 행복해야 행복한 것이다.

휩쓸려 가는 물이 되지 말자. 식물을 키우고 나를 즐겁게 하고 이웃에 선한 영향력 주는 일상을 고민해 보자. 얼마 전부터 윤강나눔차회를 운영한다. 친구, 동우회, 마음 가는 지인들과 차 한잔하는 시간을 한 달에 한 번이라도 만나고 싶어 자리를 만들었다. 차와 다식을 준비한다. 한 달에 두 시간이지만 마음 뿌듯하다. 사랑을 많이 주는 사람이 행복하다. 이 문구를 알기까지 많은 시간이 소요되었다. 나이 드니 뜻을 알고 어떻게 살아야 하는가를 이해하게 되었다.

삶은 누구에게나 귀중하지만, 삶을 챙기는 사람에게는 더 소중하다. 귀함을 알면서 물, 공기처럼 예사롭게 보내고 지나왔다. 시간을 허비하지는 않았지만, 결과에 와서 보니 아쉬움이다. 그 아쉬움을 60이 넘어가는 위치에서 보니 정신이 아찔하다. "젊어서부터 챙기자." 분명 나이 들어도 어깨힘이 실릴 것이다. '놀면서 열심히 살자.' 두 마리 토끼 잡으려면 한 마리도 놓치게 된다는 이야기 있지만, 지금의 시대는 다중 직업자 시대다. 60은 부담 없는 시간이다. 가족들로 해방된 시간을 나에게 투자해야 하는 시간 활용법을 잘 이용해야 한다. 60 다음 시간을 양껏 쓰고 갈 수 있다.

은행 근무로 정년 퇴임한 친구 남편은 일주일 동안 하루 정도는 집에 있고는 나머지 시간은 외출이다. 복지관이나 학원 등으로 배움 투어이다. 사진, 꽃차. 요리 등 교양 쌓기와 친구 사귀기이다. 독서와 책 쓰기 도전장 낸다. 건강이 최고이니 건강지킴이 운동으로 병원 가는 일을 만들지 않는다. 명상, 요가 등으로 마음공부도 시도해 본다. 여행을 즐긴다. 새로운 곳으로 설렘과 다른 지역문화를 즐기는 투어도 예순의 나이로 적절하다. 해 보지 못한 일들을 조사하여 버킷리스트 활용한다. 이런저런 일로 젊음보다 더 바쁜 일정이 쌓이게 된다. 60은 느리게 살지 않을 뿐이다. 시간을 조금 더 조율하면 더 공부할 수 있고, 더 놀 수 있다. 이게 60의 특권이 된다. 일하지 않는 시간은 나를 위해서 쓰자. 즐거운 비명을 친구와도 나누자. 2배 기쁨이 된다.

살아온 시간 속에 도움받은 모든 분께 감사드린다. 남편, 두 아들, 친구, 동우회원들, 이웃, 지인들 손잡아 주고 껴안고 싶다. 감사함 전하고 싶다. 함께 한 분들 계셔 많이 웃고 삶이 우울하지 않았다. 친구 있어 좋았다. 친구는 사랑 덩어리였다. 덩어리가 부서지면 사랑비로 쑥쑥 마음이 더 커질 것이다. 친절한 섭이 언니는 부귀라 부르지 않고 "부귀영화"라 불러 준다. 그렇게 불려 주는 언니가 고맙다. 사랑일 것이다. 이은대 작가님 도움으로 세 번째 책을 출간하게 되었다. 도움 없었으면 늘 일상의 반복이었을 것이다. 책의 내용대로 살다 보면 앞으로 더 변화되는 모습을 기대하게 된다. 나의 감사포대로 나눔에 도움 되는 선한 영향력에 희망 걸게 된다.

출간되는 책으로 제일 성장하는 사람은 책을 쓰는 사람이다. 강의를 듣는 사람보다 강의를 준비하는 강사가 공부가 더 됨을 안다. 나이 들어 뭐 하지. 딱히 할 일 없어. 고민하는 60이 넘는 또래가 있으면 글 쓰라고 말해 주고 싶다. 2년 간격으로 세 번째 책이다. 잘하지 못하는 것은 뻔한 일이다. 나이 테가 하나씩 자라듯이 나의 가슴도 하나씩 쌓여갈 때 재주가 생기게 된다.

책에서 사용한 단어들이 60 이후의 우리가 사용할 언어다. 젊어서는 거부반응을 보였지만, 누구에게나 다가가는 인륜이 된다. 수긍과 긍정. 사랑과 행복. 단어에 비중을 두면 닮고 싶어 하는 사람이 생길 것이다. 말하지 않아도 전염으로 마지막 남은 삶을 잘 챙길 것이다. 우리는 같이 가고 있다.